中国文学名家名作鉴赏精华

鲍照诗文鉴赏辞典

上海辞书出版社
文学鉴赏辞典编纂中心 编

上海辞书出版社

《鲍照诗文鉴赏辞典》

撰稿人：（按姓氏笔画排列）

丁福林　王锡九　孔燕妮　邓小军　冯坚培
刘文忠　刘竞飞　汤华泉　吴小如　沈维藩
陈伯海　李延先　李　佳　林家英　周玉秀
骆玉明　赵其钧　郭小小　曹光甫　熊　笃
潘　慎

目 录

诗

文

前 言

鲍照(415？—466)南朝宋文学家,字明远,东海(郡治今山东郯城北)人。出身寒微,少有文思。南齐虞炎编有《鲍参军集》,其序有述:南朝宋临川王刘义庆爱其才,以为国侍郎。王薨,始兴王刘濬又引为侍郎。孝武初,曾任秣陵令、中书舍人等职。后为临海王刘子顼前军参军,故世称“鲍参军”。后刘子顼起兵反,兵败,鲍照为乱军所杀,时年五十余。

南朝宋代时期,政权更替频繁,但仍挡不住文坛上俊杰辈出。因谢灵运、颜延之、鲍照三人均以诗著名于宋文帝元嘉年间,为“元嘉体”代表人物,故后世常将他们并提称之为“元嘉三大家”。“元嘉体”指的是南朝宋文帝元嘉年间出现的一种注意描绘山水、讲究词藻和对偶的诗风。这其中,鲍照诗风骨遒劲、构想奇逸,在南朝诗中独树一帜,被称为“跨两代而孤出”(钟嵘《诗品》)。与江淹并称“江鲍”。以文辞驰名当世,与谢朓并称“鲍谢”。

鲍照出身寒微,在仕途上也不得意,所以其诗多不平之慨,表现了寒门之士积极进取的愿望和对士族专权之现状的不满。另一方面,鲍照还深受乐府民歌影响,尤善乐府,从很多民间流传的歌曲汲取营养,创作了不少乐府体诗歌。其《拟行路难》十八首学习民间《行路难》歌曲(已失传），运用七言和杂言样式，写得尤为流转奔放。他还改变过去七言诗每句用韵的形式，且常常换韵，加强了七言诗的节奏和变化，增进了表现力，对南朝后期和唐诗人李白、岑参等颇有影响。另外，他的诗题材较为广泛，除结合自身体验，着重表现坎坷失意和对门阀制度的不满外，还涉及边塞战争、将士生涯和妇女的悲惨命运，等等。他的诗往往意气豪迈，笔力劲健，风格俊逸。后世杜甫曾作诗称赞李白："清新庾开府，俊逸鲍参军。"由此可见，从鲍照的"俊逸"到李白的"飘逸"，是一脉相承的。

本书分别从《汉魏六朝诗鉴赏辞典》《古文鉴赏辞典》《历代赋鉴赏辞典》中辑选鲍照诗歌、辞赋佳作50余篇，其中还新增补篇目15篇，邀请古典文学专家鉴赏品评，为广大古典文学爱好者诠释"俊逸鲍参军"诗歌、辞赋的独特风采神韵。另外，书末还附有《鲍照生平与文学创作年表》，以供读者参考阅读。限于水平，错误疏漏之处在所难免，不当之处，尚祈读者指正。

上海辞书出版社文学鉴赏辞典编纂中心

二〇二四年五月

诗

代东门行

原文

伤禽恶弦惊，倦客恶离声。[①]
离声断客情，宾御[②]皆涕零。
涕零心断绝，将去复还诀。
一息不相知，何况异乡别。
遥遥征驾远，杳杳白日晚。
居人掩闺卧，行子夜中饭。
野风吹草木，行子心肠断。
食梅常苦酸，衣[③]葛常苦寒。
丝竹徒满坐，忧人不解颜。
长歌欲自慰，弥起长恨端。

注

① 恶(wù)：厌恶。
② 宾御：宾，宾客；御，车夫。
③ 衣：身穿。

鉴赏

《东门行》属古乐府《相和歌》。“代”，犹“拟”，仿作。郭茂倩说：“《乐府解题》：古词‘出东门，不顾归；……’言士有贫不安其居者，拔剑将去，妻子牵衣留之，……若宋鲍照

‘伤禽恶弦惊’，但伤离别而已。”（《乐府诗集》）可见鲍照这首诗虽是依题仿作，但在内容上还是有所发展的，不过“伤离别”也不是什么新鲜的主题。因此要说它的特色，恐怕还在于诗的选材与表现。

《战国策·楚策》中有一则故事，说更嬴与魏王在京台下，仰见飞鸟，更嬴说：我可以为君王用无箭之弓射下空中之鸟。魏王不信。一会儿有雁从东方飞来，更嬴引弓虚发而雁落，魏王仍是不知其故。更嬴解释说：这是一只受伤的雁，因“其飞徐而鸣悲，飞徐者，故创痛也；鸣悲者，久失群也。故创未息而惊心未去也，闻弦者音烈而高飞，故创陨也”。诗的开头“伤禽恶弦惊”，就是化用了这一典故，用以比喻“倦客恶离声”——久倦羁旅的游子最厌恶、最害怕的便是离歌之声。两句两个“恶”字，既增强了类比性，也加重了感情色彩。但是，“恶”之偏至，这就是人世间之所以有不幸的一个原因吧？第三句的开头便用“离声”二字顶上，声情之急，节奏之紧，直令人难以喘息。“离声”一出，不仅去者伤情，就连送行的宾客和驾车的仆夫亦不禁潸然泪下，诚所谓“一曲离歌两行泪”，“天涯去住各沾巾”。此情此景，行子更难自持，只见他伤心落泪，挥泪而去，去去又回，依依话别。这几句由声而写到情，由己之情写到宾御之情，由宾御之情再回到己之情，回环往复，层层递进，把那种两情互感的情绪、场景和气氛，表现得一气贯注，淋漓尽致，以上将离情写足。下面两句说片刻的分离都会使人难受，何况是远游异乡的长久别离呢！叙议结合指出如此离伤的原因。应该说这个议论也是充满真情实感的，所以谭元春说它“甚真甚真，有情人之言”(《古诗归》)。因果相依，不着痕迹地为诗的上一段作了小结。同时，“异乡别”又为下一段写离乡远行之况作了准备。这种“住而未住”“藕断丝连”的转接方式，不是很像词中的“过片”吗？可以想见词中的一些艺术手法，在诗人的创作中早有实践，只不过没有明确地上升为一种文学形式(词)中的自觉的艺术法则。

诗的第二段说车儿在漫漫长途上远行，颠簸摇晃了一天，又是日落黄昏，夜幕笼罩了静寂的大地，眼看周围的人家都掩门入睡了，可是远行的游子直到半夜才盼得一顿晚餐。黑夜里，听着野风呼号、草木哀鸣，更令人肝肠寸断。这几句由白天写到夜晚，其间有人、有事、有景、有情，脉络清晰，丰而不杂，将行役之苦写得历历在目。下面突然插入两个比喻——吃梅总觉得酸，穿着葛麻布衣总是难以御寒的——这必然之理人人皆懂，然其酸、寒之状，他人难言，而只有食者、衣者自知。这里有两点值得注意，那就是“必然”与“自知”。行役之苦，只有行子自知，自伤自苦，真切深刻，更为感人；而“必然”又为下文设置了前提，食梅苦酸，衣葛苦寒，一如人情苦别，乃事之必然，无法回避。即使在宾朋满座、丝竹盈耳之时，忧伤的游子亦无法表现出一丝欢颜，正是“长路关山何日尽，满堂丝竹为君愁”(张谓

《送人使河源》)。有时候自己也想长歌自慰,但其结果呢,只有引来更深长的愁恨。这就意味着不论客观环境如何,亦不论主观努力如何,行子之愁,愁不可销。诗人总是力图透过离愁表象的描述,以回折顿挫的笔法,将诗思引向更深刻更概括的情理之中;诗中的比喻用得灵活生动、自然贴切,有的能领起全篇,有的则能网络上下,在情理表达,叙事逻辑,章法结构等方面,都起到了不可忽视的作用。这些都须要读者细细咀嚼,方可领略,所以王夫之说的:"看明远乐府,若急切觅佳处,则已失之。吟咏往来,觉蓬勃如春烟,弥漫如秋水,溢目盈心,斯得之矣",倒是颇有体会的评论。

(赵其钧)

代放歌行

原文

蓼虫避葵堇[1]，习苦不言非。
小人自龌龊，安知旷士怀？
鸡鸣洛城里，禁门平旦开。
冠盖纵横至，车骑四方来。
素带曳长飙，华缨结远埃[2]。
日中安能止，钟鸣犹未归。
夷世不可逢，贤君信爱才。
明虑自天断，不受外嫌猜。
一言分珪爵，片善辞草莱。[3]
岂伊白璧赐，将起黄金台。[4]
今君有何疾，临路独迟回？

注

① 蓼(liǎo)：水蓼，植物名，味辛辣。 堇(jǐn)：菜名，甘菜，一名堇葵。

② 素带：古时大夫所用的衣带。 曳：拖，指摇曳、飘扬。 飙(biāo)：暴风。 华缨：用彩色丝线做成的帽缨。

③ 珪(guī)：同“圭”，古玉器名。帝王诸侯所执，用以表示符信的玉版。 草莱：田野，这里指未仕者所居之地。

④ 岂伊：岂只有。 黄金台：古地名。故址在今河北易县东南之北易水南。相传战国燕昭王曾在此筑台，上置千金，以延揽天下贤士。

鉴赏

鲍照乐府诗蕴有强烈的批判现实精神，这首《代放歌行》就是其中的代表作。刘宋王朝政治腐败，卖官鬻爵，贿赂公行。高门世族把持朝政，一般无耻之徒狗苟蝇营，以求富贵利达。此诗针砭时弊，深刻尖锐地揭露和讽刺了官场钻营奔竞的腐败风气，同时也表达了诗人不甘被卑污世风所染的高风亮节。

善用比兴，是鲍照乐府诗的一大特色，所以魏源《诗比兴笺序》说他"以比兴为乐府琴操"。此诗前四句开门见山亮出矛盾，将龌龊小人与高怀旷士分列两句，形成对照。龌龊，原意是局促短狭，后引申为心胸狭隘、目光短浅、行为卑污之意。"小人自龌龊"构成全诗主脑，是后文穷形极相描绘的张本。在这两句写实诗前用"蓼虫避葵堇，习苦不言非"两句来起兴，既有含义，又增添了文学情趣。《楚辞·七谏》："蓼虫不知徙乎葵菜。"是这两句的出处。蓼虫习惯了辛辣苦味，不喜欢堇葵的甘甜。这两句不仅是兴，而且也是比。其比的含义，前人或谓是指小人不知旷士之怀，犹如蓼虫不知葵堇之美；或谓是指旷士习惯于辛苦生涯，不以辛苦为非。细绎诗意，当以后说为是，因为"避""不言非"等语，并无贬义，而以苦为乐，从来就是豁达放旷之士的本色；只有小人，才是趋甘避苦之徒。

从"鸡鸣洛城里"至"钟鸣犹未归"八句是本诗第二层，

写“小人”的龌龊行为。“洛城”，这里代指京都。“鸡鸣”“平旦”“日中”“钟鸣”是贯串八句的时间线索。其人物则是“冠盖”，即戴冠冕和乘篷盖车的人，指仕宦之徒。人物有什么行动呢？从“平旦”（天才亮）起，天子的“禁门”（门有禁卫，故称）刚刚打开，这伙人就蜂拥而至了。“纵横至”“四方来”，来势汹涌如潮水，笔端带有揶揄调侃之意。乘他们车马驰骤之际，诗人迅速为他们的风尘尊容勾勒了一幅生动无比的漫画：“素带曳长飙，华缨结远埃。”这些颇有身份的人，他们的素带在急驰的大风中乱飘，华丽的帽缨上结聚了远道而来的尘埃。这幅画有色彩，有动态，有细节，形象传神，耐人品味。句中未着一字褒贬，却“写尽富贵人尘俗之状”（沈德潜《古诗源》），把角逐名利场者的丑态刻画得入木三分，不愧为神来之笔。他们到处奔竞，“日中”（正午）怎会停止钻营？就连夜深“钟鸣”后他们犹未回家。一个“犹”字，有多少惊讶、感叹、挖苦之意。后汉安帝《禁夜行诏》云：“钟鸣漏尽，洛阳城中不得有行者。”这里说“钟鸣未归”，可见奔竞日盛，古风荡然无存。

“夷世不可逢”以下是本诗第三层，记录了奔竞小人对道旁旷士的谈话，他们对旷士说道：现在是千载难逢的太平盛世，君王也是真正爱才的贤君。他英明的考虑出于自己的判断，不受任何外来影响而猜疑动摇。这些正经话出自小人之口，就显得肉麻阿谀与不伦不类，因而具有极大的讽刺性。接着，小人们又向旷士津津乐道地夸说起了进入仕途的容易和当官的好处。这四句是说才能之士只要有一言之美、片善之长，就会受贤君青睐，被封官赐爵，辞别田野，登上朝堂。而贤君爱才，岂但只赏赐白璧，还将仿效燕昭王筑黄金台来重金招聘你们呢。这四句虽是小人们的劝诱、夸说之辞，但也是他们一心只想升官发财的灵魂大曝光，写得真是笔锋辛辣，利如刀锥。关于"夷世"以下八句，余冠英先生评说最当："所谓'夷世''贤君'都是反说。南朝重视门第，用人不凭才行，但凭出身。那些华缨素带，无非纨绔子弟。'一言分珪爵，片善辞草莱'这样的事绝不会有，这是当时的制度所不许的。鲍照的出身不是贵胄世家，所以久在下位。这诗讥刺的口吻很显明，正因为他有许多牢骚不平。"(《乐府诗选》)"今君有何疾，临路独迟回？"最后，小人以嘲弄的口吻诘问旷士：你到底有什么毛病，竟面对阳关大道还独自徘徊不前？全诗至此顿住。对于无耻小人的挑衅，诗人没有也不屑回答，但不回答并不等于没有答案。读者若试着掩卷思索，就会发现，答案已在开头"小人自龌龊，安知旷士怀"之中了。这一结回应开头，使通篇皆活，旷士形象虽未着墨，但在对照中自显出其迥异小人的品格。这个结尾让应受嘲弄的人去厚颜嘲弄别人，真是幽默滑稽而有波澜，可谓味蕴言外，冷峻隽永。

《代放歌行》在《乐府诗集》中属《相和歌辞·瑟调曲》。《歌录》曰："《孤生子行》，亦曰《放歌行》。"《孤生子行》，又题作《孤儿行》，在乐府古辞中写的是孤儿备受兄嫂折磨，难与久居的内容。鲍照的拟作，旧瓶装新酒，用以揭露黑暗、抨击时政，大大拓宽和加深了这一乐府旧题的表现力。在这个方面，也同样显示了诗人非凡的艺术勇气和独辟蹊径的创新精神。

（曹光甫）

代陈思王京洛篇

原文

凤楼十二重，四户八绮窗。
绣桷[1]金莲花，桂柱玉盘龙。
珠帘无隔露，罗幌[2]不胜风。
宝帐三千所，为尔一朝容。
扬芬紫烟上，垂彩绿云中。
春吹回白日，霜歌落塞鸿。
但惧秋尘起，盛爱逐衰蓬。
坐视青苔满，卧对锦筵空。
琴瑟纵横散，舞衣不复缝。
古来共歇薄，君意岂独浓？
唯见双黄鹄[3]，千里一相从。

注

① 桷(jué)：方形的椽子。
② 幌(huǎng)：布幔。
③ 黄鹄(hú)：鸟名。朱骏声《说文通训定声·孚部》："形似鹤，色苍黄，亦有白者，其翔极高，一名天鹅。"

鉴赏

曹植封陈王，谥思，故世称陈思王。鲍照此诗题"代陈思王”，但今《曹植集》未见原作，可能已佚。《玉台新咏》著录此篇，题作《煌煌京洛行》。《乐府诗集》收魏文帝曹丕《煌煌京洛行》四言诗一首，鲍照是否拟之，未可确知，但从内容上推测，可能性不大。

本诗的题旨，大致如郭茂倩在《乐府诗集》中所说：“始则盛称京洛之美，终言君恩歇薄，有怨旷沉沦之叹。”诗中写了一个色艺双绝的女子，备受君王宠爱，享受着无比的尊荣，但色衰爱弛的前景始终使她忧心忡忡。全诗的过程，就是细腻曲折而又一气呵成地展开她内心矛盾的过程。

开头六句都是景语，用赋的手法进行铺叙，极写宫室之富丽华美。“凤楼”，据《晋宫阙名》(《古诗笺》闻人倓注引)云：“总章观仪凤楼一所，在观上。广望观之南，又别有翔凤楼。”当然，这里只是用以形容女子所居的华贵，未必是实指。“十二重”，言楼的层次之多。“四户八绮窗”，以“户”“窗”之多，概括建筑之精巧。发端两句总写“凤楼”外观的规模气势，给人以立体感的总体印象。

接下几句，用几组分镜头摄取楼内局部细部图像。“桷”，是方形的椽子。一般在织物上刺花称作“绣”，此用于形容雕刻着金莲花的“桷”，新颖生动。椽子尚且如此，柱子更其华贵。它用桂木制成，贵重而芳香。《三辅黄图》载：“甘泉宫南有昆明池，池中有灵波殿，皆以桂为殿，风来自香。”柱上还盘旋着精雕细琢的玉龙，令人想见其豪华。

这一组分镜头重在楼的建筑。门上垂挂珍珠串成的帘子，窗旁飘拂丝罗织就的帷幕。“无隔露”，是说露珠潜入与珠帘同其晶莹，难以辨别；“不胜风”，可见帷帐质料的轻细柔美，犹如弱不禁风的娇女。这一组分镜头重在楼的饰物。这两联前者呈静态，后者呈动态，精工富艳，各臻其妙。

“宝帐三千所”，据《西京杂记》“帝为宝帐，设于后宫”之语，可见是指后宫的三千佳丽。这三千宫人，人数不可谓不多矣；居于宝帐，地位不可谓不高矣。但是，今朝她们却只有一个使命——为这位绝代佳人梳妆打扮。“为尔一朝容”，是女主人公亮相后的一句内心独白。她颇有几分炫耀和得意地对自己说：看哪，这么多争奇斗妍的名花仙姝，现在都俯伏在你面前，听任你的差使了！这一句独白，使一个宠压群芳、踌躇满志的后宫美人形象，跃然于纸上了。

“扬芬”四句，在女子出场后，又进一步写其才貌。“扬芬”，扬送芬芳，比喻传播美名。如《晋书·桓彝传赞》云：“扬芬千载之上。”“垂彩”，焕发光彩，形容容色动人。“紫烟”，谓瑞云，郭璞《游仙》诗：“驾鸿乘紫烟。”“绿云”，也指异色祥云。这两句重言复义，写这位美女容颜绝世，芳名倾动遐迩，恍若高居云端的天界人物。“春吹”一联，转写她的才艺。闻人倓解释此联说：“言其吹响可以回春，歌声足以召秋也。”夸饰了这位美女奏乐和歌唱的惊人才艺。古人形容歌声之妙，常用“响遏行云”“歌声绕梁”的典故，这里独创地用“落塞鸿”的夸张手法，不落窠臼。以上十二句是本诗第一部分，语言多华丽与明朗色泽，反映出美女的愉悦欣快之情。但是，“一朝”中暗透出欢爱之不常，“霜歌”中又悄悄逗出秋意。这些，都为感情的跌宕转折预作地步，针线很密。

“但惧”以下，悬拟宠爱由盛而衰的寂寞凄凉情景，语调急转直下，与上文形成强烈对比。“但惧秋尘起，盛爱逐衰蓬”，是说盛宠中的美人担忧着，一旦色衰，君主的爱怜就将立即失去，犹如秋天的风尘一到，转蓬就立即被吹离蓬根，飘得无影无踪。“秋尘”承上句的“霜歌”，此语一出，悲凉的气氛顿然而生。“坐卧”一联，更进一步设想被遗弃后的惨凄景况：院内长满青苔，人迹罕至，昔日豪华如锦的筵宴也不再举行。往日的繁华喧闹，变成了一派萧条冷落。女主人公坐着或躺着，都是百无聊赖，难以为怀。“琴瑟”两句，照应前面“春吹”一联，对比强烈：乐器横七竖八地丢了一地，没有人收拾，成匹的绫罗空自堆着，再也不会被缝制成舞衣。“舞衣”句又是对上文奏乐、歌唱的补充：她还长袖善舞。这么一位才色双全的佳人，忽作如此可怕的“但惧”想，有没有根据呢？诗令人带着这样的悬念，进入高潮的第三部分。

“古来共歇薄，君意岂独浓？”意谓自古君王都薄情无义，难道宠爱自己的君王会例外地情意特别浓厚吗？两句口吻相当婉转，虽是对君王的讽刺和谴责，但还有一丝感悟君王的期待。然而这种期待她自己也知道太渺茫了，因此只有仰望天空，以“唯见双黄鹄，千里一相从”这样韵味悠长、含蓄无尽的画面结束了全部心理活动。结尾两句仿效《古诗十九首·西北有高楼》“愿为双鸿鹄，奋翅起高飞”，有“含不尽之意见于言外”之妙。全诗犹如一个偏正式转折复句，至此才唱出了古代女子以色事人、荣枯转瞬的一曲悲歌，从而使诗的正意显露出来。以男女之情喻君臣之意，是《诗经》《离骚》以来诗歌常用的比兴手法。鲍照此诗娴熟地运用这一手法，描绘细腻，抒情深婉，鞭挞了历代君王的无情无义，能引起无数失意文人的共鸣。这，或许就是诗人创作本篇的用心所在吧？

此诗风格酷肖曹植诗，语言虽骈俪典丽，内中却风骨独具。若“春吹”二句，笔力颇健；琴瑟之散，以“纵横”形容之，亦觉笔法奇倔。故方东树所评“此篇非常奇丽，气骨俊逸不可及，非同齐梁靡弱无气”（《昭昧詹言》），注目于诗的气骨，是很有见地的。

（曹光甫）

代东武吟

原文

主人且勿喧，贱子歌一言。
仆本寒乡士，出身蒙汉恩。
始随张校尉，召募到河源。
后逐李轻车，追虏穷塞垣。
密涂亘万里，宁岁犹七奔。
肌力尽鞍甲，心思历凉温。
将军既下世，部曲亦罕存。
时事一朝异，孤绩谁复论？
少壮辞家去，穷老还入门。
腰镰刈葵藿①，倚杖牧鸡豚。
昔如鞲②上鹰，今似槛中猿。
徒结千载恨，空负百年怨。
弃席思君幄，疲马恋君轩。
愿垂晋主惠，不愧田子魂。

注

① 刈(yì)：割。多用于草或谷类。如刈草、刈麦。　葵(kuí)：植物名，为中国古代重要蔬菜之一。　藿(huò)：这里指豆叶。《广雅·释草》："豆角谓之荚，其叶谓之藿。"

② 鞲(gōu)：用以束衣袖的臂套。射箭时用的皮制臂套叫射鞲。

鉴赏

《东武吟》原是流传在齐鲁一带的歌曲名,后被文人用作乐府诗题目,本篇就是一首拟作(“代”即拟之意)。这首诗民歌风味颇浓,头两句即民间说唱常用语,《古诗》有一首是以“四座且莫喧,愿听歌一言”开头,陆机仿民歌之作的《吴趋行》也有“四座并清听,听我歌吴趋”的句子,鲍照本人还有一首《代堂上歌行》,头两句是:“四坐且莫喧,听我堂上歌。”此诗的“主人”,是指听者,“贱子”,说唱者的谦称。

这首诗写的是一个老军人的经历,用的是自述方式,说唱者即为作品主人公。他先叙述自己早年塞外征战情形。“仆本寒乡士,出身蒙汉恩。”他说自己出身寒微,蒙受了朝廷的恩遇。这里的“汉”实指本朝,以下典实的用意亦同。“始随张校尉,召募到河源。”“张校尉”,指张骞,他曾以校尉的官职佐卫青北击匈奴。“河源”,黄河的源头。“后逐李轻车,追虏穷塞垣。”“李轻车”,指李广从弟李蔡,曾为轻车将军,击匈奴有功。“塞垣”,泛指边域。“密涂亘万里,宁岁犹七奔。”“密”,近。“涂”,通途。“亘”,竟。“宁岁”,安宁的年月。“七奔”,用《左传》“一岁七奔命”的话。这两句说,近路也有万里,安宁的年月也要多次奔命。可见征战的频繁、追亡逐北的辛劳。这情形已从上面的“到河源”“穷塞垣”“始随”“后逐”的叙述中见出。所以下面写道:

"肌力尽鞍甲，心思历凉温。"体力在征战中消耗殆尽，心思在寒暑更替、岁月如流中折腾着。这"心思"不外立功、思乡两方面，这里当主要是指功名心。一开始他就说是"蒙汉恩"，他之所以从征是为了杀敌立功，报效朝廷知遇之恩，其心情当如作者《代出自蓟北门行》所言："投躯报明主，身死为国殇。"又从他叙述追随"张校尉""李轻车"这些著名边将，见得他征战多年，是有不少战功的。但是，时变事异，最后使得他的功绩全部化为乌有。"将军既下世，部曲亦罕存。时事一朝异，孤绩谁复论？""部曲"，部属。"孤绩"，无人知悉的功绩。这四句说，将军亡故了，同时参战的人也很少有活下来的，这样这位战士的功绩也无人为他证明、评定了。这是他命运的悲剧。这悲剧的酿成并非只是偶然事件，从"召募"到将军下世、部曲罕存，是经历了长久时间，而这么长时间也没有人为这位战士叙功啊，可见这悲剧是必然的，是社会制度造成的，即如"李轻车"的从兄李广大小经七十余战，到死也未封侯。后两句用"一朝""谁复"呼应，见出感慨深沉。下面就叙其晚年的凄凉。"少壮辞家去，穷老还入门。"用一个"还"见出他一事无成、不堪回首的况味。"腰镰刈葵藿，倚杖牧鸡豚。"写他从事田舍劳动，"倚杖"见得他体力不支，已经衰老了。这里似乎还融进了《古诗》"十五从军征，八十始得归"的意蕴，见出其家人死尽、庐舍荒废，益发可悲。"昔如鞲上鹰，今似槛中猿。""鞲"，打猎的臂套，猎鹰站立其上。这两句抚今思昔,过去像韝上鹰一样的英姿勃勃,现在却像关在栅栏里的猿猴一样无能为力了,真是不堪回首。“徒结千载恨,空负百年怨。”这两句意思是:一辈子白过了,留下了无穷的遗恨。最后他还希望君王念其旧功,予以收养。四句用了两个典故。其一是晋文公的故事:晋文公流亡复国,要抛弃多年使用的器具(包括床席),并且怠慢患难与共的随从,后经大臣咎犯劝谏,改正了错误(见《韩非子》)。其二是魏人田子方的故事:田子方见一匹出过力的老马被人丢弃在道路上,认为这样做不应该,就拿钱买下收养起来(见《韩诗外传》)。这四句是说,丢弃的席子还想着君王的帐幕,老马还舍不得离开君王的车驾,希望君王能施降恩泽,这样才不至于叫田子方的在天之灵感到愧疚。这里是以忠爱之心、哀怜之情来感动君王。从这途穷之泣中也可见出这位老军人内心的痛苦和怨恨。

这首诗通篇皆主人公自述,从往昔叙起,以时间为序,显得平顺。由于作者选择了几个典型情事,还运用了典故和对比,因此诗的内蕴并不贫弱,正如王夫之所说:“中间许多情事,平叙初终,一如白乐天歌行然者。……而言者之平生,闻者之感触,无穷无方,皆所含蓄”(《古诗评选》)。诗中所写的这个功成无赏的军人,也是有典型性的,汉代的“李广难封”就是典型一例,晋宋之交也不乏其人。晋宋之交刘裕父子曾进行过多次北征,刘裕还曾收复两京、河洛,这就是此诗的背景。此诗是以汉代宋,向当朝君主进行讽谏的。这又是鲍照一首著名的边塞诗,对后世边塞诗创作产生了积极的影响,王维《老将行》、杜甫前后《出塞》都有《代东武吟》主人公的影子,而王昌龄的《代扶风主人答》从内容到形式,更酷似鲍照的这篇作品了。

(汤华泉)

代出自蓟北门行

原文

羽檄起边亭，烽火入咸阳。
征骑屯广武，分兵救朔方。
严秋筋竿劲，虏阵精且强。
天子按剑怒，使者遥相望。
雁行缘石径，鱼贯度飞梁。
箫鼓流汉思，旌甲披胡霜。
疾风冲塞起，沙砾自飘扬。
马毛缩如猬，角弓不可张。
时危见臣节，世乱识忠良。
投躯报明主，身死为国殇。

鉴赏

南朝刘宋王朝时期，民族矛盾十分尖锐。北方鲜卑族建立的北魏政权，虎视眈眈。宋文帝元嘉二十七年(450)冬十二月，北魏太武帝拓跋焘亲统兵马大举攻宋，直至长江北岸的瓜步(今江苏南京市六合区东南)，后遭到宋军猛烈抵抗，才于元嘉二十八年(451)正月被迫撤军。当时刘宋首当其冲的将帅是任南徐、兖二州刺史的征北将军始兴王刘濬。元嘉二十七年，鲍照三十五岁，早已在始兴王幕下任国侍郎，随任在京口（故址在今江苏镇江）。次年北魏兵退，他还随同刘濬至江北。因此，史料虽无明文记载鲍照曾直接参与此次军事行动，但从上述经历测想，他至少应当是自始至终了解这场抵御北魏南侵的激烈战斗的。他的优秀乐府诗《代出自蓟北门行》，作年现已不可确考。据诗中抵御侵略誓死报国的内容、有关节令，联系上列史实来推断，说此诗作于这一时期，是有可能的。当然，诗是拟作，借言的是前代朔方郡战事，所以诗中写地理风物等不无想象因素，与现实战争有相当距离。但就此而断言此诗的写作全凭想象纯属虚构，恐怕并非笃论。

这首诗叙事成分虽较多，但侧重点却在于篇末抒情，是画龙点睛式的结构。其内部层次可分为三。

前八句为第一层。发端四句写边境传警，朝廷调兵。“羽檄起边亭，烽火入咸阳。”发唱惊挺。“羽檄”，插上羽毛的书简，象征十万火急，传递疾如飞鸟，后世衍为鸡毛信。“烽火”，古代边境每间隔一定距离设置一座烽火台，台上桔槔置薪，如发现敌情即“昼则举烽（烟），夜则举火”（《墨子·号令》）以报警。《风俗通》载：“文帝时，匈奴犯塞，候骑至甘泉，烽火通长安。”是此诗“烽火”句所本。诗前四句都用“××—×—××”的结构，节奏短促均匀，音调急骤铿锵，像鼓点，像号角，动人心魄。各句句中都镶嵌一个动词，依次奏出“起—入—屯—救”一部四层次的快速进行曲。动词后各带一个地域性宾语：边亭——边境上的亭堠，用以守望敌人的哨所；咸阳——秦朝国都，后借以泛指京城；广武——古代屯兵之所，在今山西代县西；朔方——郡名，今内蒙古自治区境内黄河以南之地。四幅画面转瞬即逝，在动态中把战事初启的原委、地点、行动等紧张情势交代得清清楚楚，层次井然。

接着四句进一步写形势严峻。秋高马肥，正是敌军入侵之最好时机。“筋竿劲”，谓弓箭坚利。“精且强”，反映虏军强悍和训练有素。两句写敌方军容威武，兵临城下，咄咄逼人。敌方要进攻，我方呢？“天子按剑怒”，写得声威赫然。天子震怒，频遣使者往边境督军催战，此处用《史记·大宛传》的典故：“贰师将军请罢兵。天子大怒，使使遮玉门曰：‘军有敢入，辄斩之。’”表示坚决抵御的决心。双方剑拔弩张，形成强烈对照，预示战争风暴不可避免。

以上八句是敌我形势总图。诗用跳跃式镜头，多层次多角度地展现了战争机器刚发动时错综复杂的情景，散而不乱，像是很高超的蒙太奇手法。

中八句为第二层。上承“分兵救朔方”句，写我军跋山涉水向边关挺进。在艺术表现上，它呈流动式，画面比较连贯，节奏稍为舒缓。这是因为它的叙事已趋单一，而且较多地揉入了写景抒情成分，因此与首八句的跳跃促节有所区别。

巧妙的是，“雁行”四句的结构与前文“羽檄”四句完全相同，也是中间一字用动词。所不同的是动词的声调。前面四个动词，除“屯”属平声外，其余三字都属险急的仄声。这里四个动词刚好相反，除“度”是仄声外，“缘”“流”“披”三字都属舒徐的平声。这一有趣差异并非偶然，它正透露出语音的缓急与所写内容必须相适应的艺术诀窍。

“雁行”“鱼贯”，这里用以形容行军的整齐有序，既表现出军纪严明，又反映了征途艰险。“石径”，高山上陡峭曲折的羊肠小道。一个“缘”字，刻画了士兵们在翻越险峻山路时那种屏声敛气、小心翼翼、步步留神的紧张心态，相当贴切。“飞梁”，凌空飞架的桥梁。过桥梁比缘石径相对来说要坦易些，一个“度”字体现出行军的力度和速度。“箫鼓流汉思，旌甲披胡霜。”写军中演奏的乐曲流露出对汉土的思恋，而旌旗和铠甲已蒙上了胡地的寒霜。真是离家日已远，风景已全非。“汉思”出自“箫鼓”还是出自人心？“流”字语意双关，使两者泯不可分。它不仅传达出乐曲的质感、流动感、渗透人心的魅力，并且赋予无形的“汉思”以剪不断的流水般缠绵哀婉的形象，极其传神。下句的“披”字，由于带拟人色彩，也远较“沾”“盖”等动词更胜一筹。四句末“胡霜”一词，暗暗点出军队经过长途跋涉已抵达前线，为转入下文描述边塞风光作了铺垫。

“疾风冲塞起，沙砾自飘扬”，写狂风与飞沙走石的荒寒景象。环境的恶劣，衬托了从军生活的艰苦。唐代边塞诗人岑参的力作《走马川行奉送出师西征》有“轮台九月风夜吼，一川碎石大如斗，随风满地石乱走”，情景与此仿佛。

“马毛缩如猬，角弓不得张。”由于严寒，战马蜷缩着身子，马毛根根直竖像刺猬的刺一样坚硬，这个细节描写既真实，又夸张。《西京杂记》也有类似的记载：“元封二年，大雪深五尺，野鸟兽皆死，牛马蜷缩如猬。”当是诗之所本。在此严寒中，将士的手被冻僵，连角质的弓都难以拉开了。“疾风”四句情景如绘，正如朱熹《朱子语类》所赞赏的：“分明说出边塞之状，语又峻健。”

前八句写“分兵救朔方”，中八句写行军至朔方。路途之艰难险阻，边塞之荒凉严寒，将士之勇武精神与怀乡之情，都在中八句画面中自然流出。音调深沉苍凉，与曹操《苦寒行》有共通之处。沈德潜评“明远能为抗壮之音，颇似孟德”(《古诗源》)，可谓知音。此诗叙事断面截取至此戛然而止，一场白刃相交、血肉横飞的恶战，留给读者去想象和再创造了。

最后四句为第三层。它双承一、二层内容，收束提炼并升华为赴边将士忠君报国战死疆场的誓言，点明题旨。它的爱国主义壮烈情操与屈原光辉名篇《国殇》诗的精神境界是一脉相承的。除了反映将士的共同心声外，这四句也是诗人志向抱负的表白。作为“北州衰沦，身地孤贱”的鲍照，在看重门第的刘宋王朝，一直郁郁不得志。对这种忠奸不分、良莠莫辨的政治现实，鲍照扼腕悲愤而又无可奈何。此诗“时危”“世乱”方能鉴别忠良，以及渴望“报明主”等内容，正是他备受压抑报国无门而喷发出的炽热感情的体现。

《出自蓟北门行》在《乐府诗集》中属《杂曲歌辞》。它的题材，本是一首歌唱燕、赵佳人的艳歌。正如朱乾《乐府正义》所说："自鲍照借言燕蓟风物及征战辛苦，竟不知此题为艳歌矣！"可见鲍照在乐府诗领域的开创之功。钟嵘《诗品》称"鲍照戍边"之作为"五言之警策"，方伯海论此诗说："写出一时声息之紧，应敌之猝，师行之速，短篇中气势奕奕生动，真神工也。"皆非溢美。这首诗，连同诗人同类题材的其他作品，成为唐人边塞诗的滥觞，影响所及，源远流长。它给予李白的影响尤大，李白同题诗有"羽书速惊电，烽火昼连夜""明主不安席，按剑心飞扬"等句，熔裁递遭的痕迹宛然。

（曹光甫）

代结客少年场行

原文

骢马金络头[①]，锦带佩吴钩。
失意杯酒间，白刃起相仇。
追兵一旦至，负剑远行游。
去乡三十载，复得还旧丘。
升高临四关，表里望皇州。
九衢[②]平若水，双阙似云浮。
扶宫罗将相，夹道列王侯。
日中市朝满，车马若川流。
击钟陈鼎食，方驾自相求。
今我独何为，坎壈[③]怀百忧？

注

① 骢(cōng)：青白色的马。亦泛指马。 络头：马笼头。
② 九衢(qú)：四通八达的道路。
③ 坎壈(lǎn)：困顿，不得志。

鉴赏

《结客少年场行》是写游侠题材的乐府旧题，本自曹植《结客篇》："结客少年场，报怨洛北芒。"鲍照这首拟作同样是对任侠行为和心态的歌颂，寄寓了强烈的身世之感和不满现实的愤慨之情。从诗中时间跨度之大和内容的深沉来看,可推断为鲍照的晚期作品。

游侠精神是贯串全诗的线索。“侠”的基本含义有二:一是“侠”的对象的不公正性,二是“侠”的本身的抗争性。舍其一就不成其为“侠”。此诗前半篇八句描绘了少年游侠者的英武形象,叙述了他杀人亡命的苦难经历;后半篇十二句写他暮年复返旧丘后对所见现实的鄙视与愤慨心情。游侠者的前后形象虽有动态与静态的明显区分,而其勃郁不平的游侠精神是一以贯之的。

发端二句是人物出场的大特写,艺术形象丰满精彩。它避开了面面俱到的泛写,撷取最能体现人物性格特征的局部进行着重描绘。试想,骑着高大雄壮的毛色青白相间的青骢马,握着锋利锃亮的吴地制造的弯刀,并且不无炫耀地给骢马配置了黄澄澄的金笼头,给吴钩刀环系上了五彩绚丽的锦缎带,它的主人公该是何等人呢?当然是非任侠少年莫属。诗人仅用了十个字,就把一位潇洒英武而又酷爱虚荣的少年侠士形象如浮雕似地凸显了出来,形神兼备,称得上是“突出奇语”(钱仲联《鲍参军集注》本诗“补集说”引王闿运评),出手不凡。同时,这个开端,也为生发和开拓下文作了重要铺垫。这位气度不凡的少年郎,本该前程锦绣,但他的一生却是穷愁潦倒、苦涩凄凉。读者若看到后文,自然会对造成少年悲剧命运的社会根源进行思考,由此也能使读者深化对诗的主旨的理解。因此,无论从切合题意、刻画形象、铺垫全篇、开拓主题诸方面来看，这个开头是很成功的。

形象出现之后，立即异峰突起，进入侠义行为的描写，衔接劲健。少年因饮酒间的“失意”，便使酒任气，拔刀与仇敌相向，闯下大祸。追兵蜂拥而来，他负剑骑马逃向远方，亡命流浪。“失意”四句，一句一意，互为因果，环环相扣，一气呵成。读来既晓畅明白，又动荡跳跃，有一种迅疾的节奏感，与所表现的紧张激烈的内容完全吻合。少年究竟因何而“失意”？这个影响他一生命运的至关重要原因，诗人在此作了回避，但若从后半篇去细加寻绎，答案还是不难得知的。

“去乡三十载，复得还旧丘。”三十年离乡背井、逃亡流浪的辛酸经历与好不容易生还的悲喜交集之情凝聚在这十字中，叙事高度概括精炼，感情极为沉郁低回。岁月蹉跎，年华老去，这两句承上启下，是连缀少年侠行与暮年情怀的纽带。

从“升高临四关”到“方驾自相求”十句，写“还旧丘”后的唯一活动：“望”。“四关”，原指洛阳，陆机《洛阳记》说：“洛阳有四关，东为城皋，南伊阙，北孟津，西幽谷。”这里代指国都。“表里”，字面上解作内外，但如把它理解为表象与本质，于本诗也非常贴切。皇州的气象毕竟不凡，有“九衢”，即纵横各九条大街，出自《周礼》：“匠人营国，傍三门，国中九经九纬。”有“双阙”，即皇宫门前的两座望楼，此处代指宫殿。“平若水”“似云浮”两个比喻，写出了皇城大道宽阔平整、双阙高耸入云的壮丽景象。“九衢”两句是俯视的大全景，“扶宫”两句则是镜头推近后的中景，“望”的层次井然。“扶”是环绕、辅佐的意思。“扶宫”句承前“双阙”句而言，“夹道”句由前“九衢”句派生。许巽行《文选笔记》说：“此言九涂双阙，皆有将相王侯之居扶左夹辅也。”可资参考。以上四句是静景，以下四句转为动景，动静相间，画面便不呆板单调。

“日中”四句写京城内阳光下的活剧。“市”是交易买卖的地方，“朝”是官府治事的处所，合而言之指人群麇集争名逐利的场所。正如《战国策·秦策一》所说：“臣闻争名者于朝，争利者于市，今三川、周室，天下之市朝也。”诗中这幅车如流水马如龙的“市朝满”图像，具有浓烈的鄙视与讽刺意味。那些熙熙攘攘奔竞往来的是何许人呢？并非等闲之辈，是那些吃饭前要撞钟、吃饭时要列鼎（古代食具）的权豪显贵。他们在大道上方驾（并驾）齐驱，趾高气扬。“自相求”，活画出这伙人臭味相投、狼狈为奸的丑态。这一帮子人，相互勾结吹捧，无耻钻营，而对于圈外人却极力排斥打击，这正是六朝时期“上品无寒门，下品无世族”的等级森严的门阀制度的真实写照。“望”至此，思想感情达到高潮，接着迸出两句感慨作结，脉络清晰。以上八句，与《古诗十九首·青青陵上柏》中“洛中何郁郁，冠带自相索。长衢罗夹巷，王侯多第宅。两宫遥相望，双阙百馀尺”诸句在文字与立意上都有师承的痕迹，但在刺时的深刻与尖锐上，鲍照诗显然更进了一层。

“今我独何为，坎壈怀百忧？”用问句作结，比直陈愤懑更具震慑人心的力量。“坎壈”，形容失意不遇的样子，本自宋玉《九辩》：“坎壈兮贫士失职而志不平。”诗中前“望”后“感”，与后世李白《行路难》所叹“大道如青天，我独不得出”如出一辙，真所谓“冠盖满京华，斯人独憔悴”（杜甫《梦李白》），令人扼腕。这两句近承前八句“望”，盛衰相形，冷热迥异；远绍发端二句，少年英姿与暮年萧瑟，对比强烈。结句以少驭繁，总束全篇，笔力千钧，如黄钟大吕，发人深省。

诗歌后半篇乍看之下，并无侠义之行，似与题意不符。其实不然。那位升高“临”下的“望”者，大有杜甫“饮酣视八极，俗物都茫茫”（《壮游》）的气概。他表面上形如槁木，凝目静望，不像少年时“白刃相仇”的尚气任侠，实际上他的心却并未止水无波。面对京城内如蝇逐臭、如蚁附膻的这批狗苟蝇营之徒，他怒火中烧，恨不得除去这班祸国殃民蠹贼而后快。其愤世嫉俗的侠义之心，与少年时期何尝有丝毫差异？所异者，只是由于年龄变化而导致抗争形式的不同而已。更何况昔日杀人亡命，焉知不就是因为那些“自相求”的豪门子弟在“杯酒”间凌辱他的人格而采取的激烈报复行动呢？前面“失意”的底蕴，在后半篇中若隐若现逗出，构思深细绵密。全诗的艺术匠心，正如王夫之所评“满篇讥诃，一痕不露”（《古诗评选》），一语中的。

鲍照青少年时期虽无行侠杀人的记载，但确有非凡的勇气与魄力。他曾自述“幼性猖狂，因顽慕勇”（《侍郎报满辞阁疏》）。另外，他二十多岁时，曾向临川王刘义庆“贡诗言志”，周围很多人劝阻他：“卿位尚卑，不可轻忤大王。”鲍照听后勃然答道：“千载上有英才异士沉没而不闻者，安可数哉！大丈夫岂可遂蕴智能，使兰艾不辨，终日碌碌，与燕雀相随乎？”（《南史》本传）这掷地作金石声的语言，足见他为人豪侠有胆识。所以《结客少年场行》虽非自传，却自有诗人的影子在。方回说：“明远多为不得志之辞，悯夫寒士下僚之不达，而恶夫逐物奔利者之苟贱无耻。每篇必致意于斯。”（《文选颜鲍谢诗评》）实为精覈之论。

（曹光甫）

代贫贱苦愁行[①]

原文

湮没虽死悲，贫苦即生剧。
长叹至天晓，愁苦穷日夕。
盛颜当少歇，鬓发先老白。
亲友四面绝，朋知断三益。
空庭惭树萱，药饵愧过客。
贫年忘日时，黯颜就人惜。
俄顷不相酬，恧怩面已赤[②]。
或以一金恨，便成百年隙。
心为千条计，事未见一获。
运圮津涂塞，遂转死沟洫。[③]
以此穷百年，不如还窀穸[④]。

注

① 此诗张溥本、《古诗纪》卷六〇题作《代贫贱苦愁行》，另宋本题为《代贫贱愁苦行》。

② 恧(nǜ)：惭愧。　怩(ní)：忸怩，羞惭的样子。

③ 圮(pǐ)：毁坏；坍塌。运圮，指运气倒毁。　沟洫(xù)：中国古代用以排涝的沟道系统。小的称“沟”，大的称“洫”。后世常以“沟洫”表示农田灌溉排水的沟渠工程。

④ 窀穸(zhūn xī)：墓穴。

鉴赏

《贫贱苦愁行》未见于《乐府诗集》,或许这一乐府古题诗作已失传,或许这是鲍照创作的乐府新题,只是加上“代”字而已。这首诗采用赋的手法,通过描写孤苦贫困者生不如死的处境,对世态炎凉和人情冷暖作了深刻揭露,是直面惨淡人生的优秀篇章。

全诗分四段。发端四句为首段,总述苦况。起二句用骈偶句道出了长期蕴结在孤贫者心底的一对矛盾:虽然湮没而死很可悲,但贫苦地活着也很痛苦。真是既不甘死,又不堪生。“生剧”是二句中的重点,以下一切描述都从此生发。“长叹”二句互文见义,是说整日整夜在愁苦长叹,用夸张手法写出愁苦之深广。

“盛颜”以下六句为第二段,从多角度描述苦况。首先是容颜面貌:年龄正当青春年少,红润的光泽却已从脸上消退;人还不曾垂老,鬓发却抢先生长出银丝。这二句形象的语言中,包含着痛苦的人生经验。其次是社会关系:“亲友四面绝,朋知断三益。”从骈俪关系来看,“断三益”应对之以“绝四面”,“四面绝”或系后世传讹。“三益”出于《论语·季氏篇》:“益者三友,……友直,友谅,友多闻,益矣。”二句说亲朋好友断绝往来,自己孑然一身,形孤影单,无人帮助。再次是家庭经济:“空庭惭树萱,药饵愧过客。”树萱,语出《诗·卫风·伯兮》:“焉得谖(即萱)草,言树之背。”萱草又名忘忧草,据说能令人忘忧。而如今,庭中空无所有,主人公不堪其忧,只有愧对满庭萱草的一番好意了。“药饵”语出《老子》:“乐与饵,过客止。”乐谓五音,饵谓五味,都是能使人愉悦喜爱之物。“药”,黄节《鲍参军集注》云当作“乐”,可从。家中没有音乐、美食可以招徕客人过访,这也是主人公深深抱愧的地方。这句也显示了他的心地善良。以上六句从本身衰沦、社会关系、家庭境况三方面勾勒出内外交困、一筹莫展的苦况,具体申述了首段“生剧”的内涵,同时为下段外出求助作了充分铺垫。

“贫年”以下八句为第三段,写求告之苦。“贫年忘日时”,贫家岁月忘记了日辰,因为佳节良辰对他们毫无实际意义。这与陶潜《酬刘柴桑》诗:“穷居寡人用,时忘四运周。”如出一辙。“黯颜就人惜”,其悲有三:“黯颜”,面目憔悴,照应上文“盛颜”二句,其悲一;“就人”,这副讨人厌的模样,还要迫不得已去找人,其悲二;找人还不是一般应酬,而是要煞费苦心求得他人同情、怜悯并给予接济,说到底,是一种变相乞讨,其悲三。五字把羞愧、强颜、焦虑、苦涩、渴望的错综复杂心绪曲曲传出,有非凡的表现力。其结果如何呢?“俄倾不相酬”,对方(当然是个富人)短暂敷衍后就懒于应酬,可见彼此对来意都心照不宣。在这“俄顷”之中,贫者也许连真正来意都来不及说,已被对方傲慢的态度兜头浇了一盆冷水。他立即“恧怩面已赤”，羞愧得满脸通红。“恧”，《方言》云：“自愧曰恧。”这二句心理描绘细腻入微，贫富态度对比强烈，极为动人。受到这样羞辱，他能否掉头离去呢？不能。为了求生存，不得不再硬着头皮提出了微薄的“一金”之求。班彪《王命论》说：“夫饿馑流隶，饥寒道路，思有短褐之袭，担石之蓄，所愿不过一金，终于转死沟壑。”可见“一金”虽少，却关系着贫人的生死存亡。对方原想使来者免开尊口，但来者竟如此不识相，因而怫然大怒，立即翻脸变仇：“便成百年隙”，竟像彼此结下了百年冤家似的。“一金”是少，“百年”是多，诗人很善于运用夸张及对比手法。人情似纸番番薄，整个乞讨以凶终隙末而结束。萧涤非《汉魏六朝乐府文学史》说：“‘贫年’数语，非身历者不能道。”确是知人论世之语。鲍照的前辈诗人陶潜也讨过饭，但他的《乞食》诗说：“饥来驱我去，不知竟何之。行行至斯里，叩门拙言辞。主人解余意，遗赠副虚期。”相比之下陶潜还算万幸，这位贫穷者（恐怕就是诗人自己的影子）则倍见凄凉，由此也可见世风日下的现实。以上六句详写求告始末，接着用二句略写概括无数次碰壁：“心为千条计，事未见一获。”为了免除饥寒之苦，他使出浑身解数，想了无数办法，但均以一无所获告终。穷人在死亡线上痛苦挣扎，富人奢侈淫逸而熟视无睹，世道就是这样的不公。“千条”“一获”，仍然是通过数字对比进行夸张，效果强烈。以上八句有详有略，点面结合，深刻而全面地反映了冷酷的社会现实。

“运圮”四句为第四段,写贫苦的归宿。“圮”,毁灭、坍塌之意。“运圮”,犹言倒运、倒霉。“津”,渡口;“涂”,道路。交恶运者求生的路条条被堵塞,其唯一畅通的路只能是“遂转死沟洫”,将辗转奔波,最终尸填沟渠。这前景令人心寒,但又是前面三段诗意的必然归宿。二句总束前文,又开启篇末“以此穷百年,不如还窀穸”二句。“窀穸”,即墓穴。诗人最后发出了绝望之叹:与其这般终身穷困,还不如一死了之!诗开头写不甘死又不堪生,徘徊在生死之间,篇末则对生死作了明确的抉择——惨不忍闻的抉择。这画龙点睛的结尾,是全诗内容的提炼和升华,它看似平淡,实为沉郁,蕴涵着对现实社会强烈的愤激之情。诗至此戛然而止,如一锤重锣,震撼人心。

这首诗的艺术结构颇经过了一番惨淡经营,它首尾呼应,真切地揭示了在那时代贫苦者的必由之路——从不甘死亡到挣扎于生死线,直到不得不死。另外,此诗不但人物形象生动感人,而且语言也质朴无华,如叙家常,如说生平。为了服从表达的需要,诗中毫不避忌重复用字,“苦”“贫”“穷”“死”等沉重的字眼,“一”“百”这些对比鲜明的数字,都重复出现,令人感到触目惊心。晋宋之际的文人学士之流,在诗风上是“虽世极迍邅(处于困境),而辞意夷泰”,在措辞上是“俪采百字之偶,争价一句之奇”(均见刘勰《文心雕龙》)。在此诗风、世风日下之际,诗人能够风骨独标，确实体现了他艺术创造的非凡胆识和勇气。钟嵘《诗品》称他为“跨两代而孤出”，信不诬也。

（曹光甫）

代朗月行

原文

朗月出东山，照我绮窗前。
窗中多佳人，被服妖且妍。
靓妆坐帷里，当户弄清弦。
鬓夺卫女迅，体绝飞燕先。①
为君歌一曲，当作《朗月篇》。
酒至颜自解，声和心亦宣。
千金何足重，所存意气间。

注

① 卫女、飞燕：指汉武帝皇后卫子夫、汉成帝皇后赵飞燕。卫子夫以美丽长发著称，张衡《西京赋》："卫后兴于鬒发。"《汉武故事》："子夫得幸，头解，上见其美发，悦之。"赵飞燕身材轻巧灵活、善于舞蹈。《汉书·外戚传下》："孝成赵皇后……学歌舞，号曰飞燕。"《西京杂记》："赵后体轻腰弱，善行步进退。"

鉴赏

"朗月行"是乐府古题，"代朗月行"即为在原乐府古题基础上进行创新的歌辞。《朗月行》古辞已失传，目前能看到的最早的歌辞便是此篇，难以确知鲍照的创新之处。但诗中仍然表现出显著的个人特色和时代气息。

古人创作乐府歌辞时，通常倾向于让内容与曲题相匹配。这首歌辞也不例外。开头"朗月出东山,照我绮窗前",以东山升起的明月起兴,月光照向华美的"绮窗",引出描写对象"窗中多佳人"。根据下文,这些绮窗之内的佳人,应当是善于歌舞奏乐的伎人。她们穿戴"妖且妍"的服饰,妆容光彩照人,坐在帷帐中"当户弄清弦","清弦"出自晋人郭璞《游仙诗》:"中有冥寂士,静啸抚清弦。"指清亮的弦乐声。南朝时吴歌、西曲等由民间传入士人群体成为流行音乐。这里"佳人"所奏的"清弦"可视为使用弦乐器演奏的此类流行乐曲。

乐伎们妆饰妍美,演奏时兴的音乐,容貌也堪比西汉皇后卫子夫、赵飞燕,即:"鬓夺卫女迅,体绝飞燕先。"此时,古代尊贵的皇后,诗人面前的乐伎,超越了时代和社会地位的差异,因为共同的美丽容貌而重合在了一起。乐伎身份低微,大多在风光一时之后晚景凄凉,又与两位皇后落寞的结局契合,令人叹惋。

欣赏着精彩的歌舞表演,诗人兴之所至,提笔写下《朗月篇》。他或是自己唱给举办宴会的主人,或是交由乐伎演唱,"为君歌一曲"。宴会在演唱名家新作的歌声中达到了高潮,"酒至颜自解,声和心亦宣"。酒宴开始时或许还有些拘谨的宾客们被音乐和美酒催动,神情放松下来,开始直抒胸臆地表达自己内心的情感。"千金何足重,所存意气间。"情感抒发之时,便是意气所至。主人为了置办酒席、邀请乐伎不惜花费重金。只要宾客在酒席上互相坦诚心迹，由此意气相投，主人为此消耗的“千金”便不足为贵。

后人称鲍照诗俊逸奇矫、不避危仄，还有作诗用字险俗、音调惊挺者比附鲍照，似乎鲍诗必定词句惊险、倾炫心魂。这首描写乐伎奏乐、宾主宴饮的诗歌，意境和乐，与许多人印象中的鲍照诗不同，或有宴饮时配合气氛而创作的原因所致。然鲍照既然有能力把惊挺文字运用得恰到好处，他若要创作词句相对平缓、意境更加欢乐的诗歌，那更是不在话下。

（郭小小）

拟行路难十八首(其一)

原文

奉君金卮[①]之美酒,玳瑁[②]玉匣之雕琴,

七彩芙蓉之羽帐,九华蒲萄之锦衾。

红颜零落岁将暮,寒光宛转时欲沉。

愿君裁悲且减思,听我抵节行路吟。

不见柏梁铜雀上,宁闻古时清吹音?

注

① 卮(zhī):古代一种盛酒器。

② 玳瑁(dài mào):爬行动物,形似龟,甲壳有黑斑和光泽,可做装饰品。这里指用玳瑁壳制作的装饰品。

鉴赏

在鲍照最为擅长的乐府诗体中,《拟行路难十八首》称得上是"皇冠上的珍宝"。这一组内容丰富而又形式瑰奇的诗篇,从各个侧面集中展现了鲍照诗歌艺术的多姿多态,确实像一块精光四射、熠熠生彩的钻石。无怪乎历代选家和评论家凡瞩目于六朝诗歌的,都不会遗漏了它。

顾名思义,"拟行路难"当为乐府古题"行路难"的仿作。后者本属汉代民歌,久已失传,据《乐府解题》记载,其大旨是"备言世路艰难及离别悲伤之意"。东晋人袁山松

曾对它的曲调和文句进行加工改造,而袁制亦已亡佚。故鲍照此诗虽云拟作,实为这一诗题流传至今的最早篇翰,发摅的也是诗人自己胸中的垒块,并不同于一般的拟古篇什,所以有的诗集收录此诗时,去掉了题目上的“拟”字,径称作《行路难》。齐梁下及唐代不少诗人,也都袭用这个调名写出了一批名作。

《拟行路难》共一十八首,有的本子作十九首,是将其中第十三首分割成了两篇。这十多篇诗涉及不同的题材内容,体式、风格也不尽一致,看来并非一时一地之作,今人已有考辨。但是,把它们在同一诗题下编为一组,又绝非出于偶然。这不仅因为它们都采用了“行路难”的曲调,而且各首之间确有共同的主旋律贯串着,那便是对人生苦闷的吟唱。在形式上,这组诗都采用七言和杂言乐府体,音节流畅而富于起伏变化,以适应作者所要抒发的强烈而跳荡的情绪。正是这样一个统一的基调,加上作者构思、编排上的某些匠心,使得这些诗篇自然地发生联系,合成了一个可以放在一起加以观照和品评的整体。

本篇作为《拟行路难》开宗明义第一章,带有序曲的性质。

诗篇一上来,以“奉君”二字领起了下面四个排比句:“美酒”而盛以“金卮”,“雕琴”而饰以“玳瑁玉匣”,羽毛制作的帐幔间绣出了“七彩芙蓉”的图案,锦缎织成的被面上绽开着“九华蒲萄”的花纹。奉献到你面前的吃的、玩的、用的器物,无一不精美绝伦、色彩缤纷,足令人赏心悦目、忘忧解闷。这一赋体铺排手法的发端,为整个乐曲的演唱蓄足了气势,取得了先声夺人的效果。

可是,请别误以为作者是在为人生谱一曲欢乐之歌,想要尽情讴颂人世间种种官能的享受,那样就大错而特错了。你听,在那一阵子紧锣密鼓、急管繁弦式的华彩乐段之后,乐队突然沉寂下来、沉寂下来,悠悠地转出一声低咽的吟叹:红颜难驻,岁月迟暮,寒气闪烁,年华逝去。人生的这一大悲哀,又哪是美酒、雕琴之类所能消解得了的呢?读到这里,我们方明白前面那阵子开场锣不过是个铺垫,外形愈装扮得富丽堂皇,愈见出骨子里的哀感沉绵。

那么,就听任这种忧思无边无际地膨胀起来,吞噬了人的整个灵魂吗?不然。诗人在唱出人生苦闷的主题之后,却又反过来劝慰人们要“裁悲”“减思”,节制和排遣自己的伤痛;而排遣的方法则在于聆听他的击节歌唱,那歌子便是倾诉人生苦难、不平的《行路难》。用宣说人间苦来排解现实生活中的苦闷,看似矛盾,但也不足为奇,因为通过这一独特的宣泄活动,是可以给人的心理机制恢复和带来某种程度的平衡,减轻人们心灵上的重压的。这大概正是诗人自己情不自禁地要创作这一组诗的内在动因吧。于是,诗歌开篇定场锣鼓声中被推上舞台前列的那些琳琅满目的器玩,至此重又获得了生气。它们不光是人生苦的垫衬,同时也是诗人演唱人生苦的布景、道具和音响手段。我们的诗人就站在这一绚丽辉煌的背景下，一手高举盛满美酒的金杯，一手挟起玉饰花雕的古琴。看吧！他正注目于我们。听吧！他就要放声歌唱了。这是何等美妙的瞬间，多么动人的景象呀！

诗写到这里，已经完成了序曲的任务，本可就此打住。而诗人为了加重语意，却又添出一段尾声：你没见到吗？汉武帝时的柏梁台，魏武帝时的铜雀台，当年歌舞胜地，乐声盈耳，曾几何时，风流云散，而今哪还有清音绕梁呢？言下之意：我的歌声也是稍纵即逝，要听就请抓紧吧。结末这两句看似逸出题外的话，既是对上文“听我抵节行路吟”的补充申说，又是对诗中“人生苦”主题的点题和呼应，而字面形式上转向援引古人古事，采用宕开一笔的写法，更增添了诗歌摇曳不尽的风神。

总合起来看，作为整个组诗的引子部分，本篇在立意上是比较单纯的。它的意图只是要交代写作这一组诗的缘起，即便涉及人生苦闷的主旨，亦仅点到为止，不作进一步展开。所以我们在这里接触到诗人内心的感慨还很抽象，缺少具体的内涵。但从另一方面来说，诗中这个单纯意念的表达形式却很不简单：由献列各种精美的器玩以行乐解忧，导向人生苦痛、忧思难遣，再折回裁悲减思、击节吟唱，而结以清吹不永、胜概难继，可说是一层一个逗顿，一层一道弯子。转折处是那样的突兀峭拔，而承接时又十分妥帖自然，极尽波谲云诡、跌宕生姿之能事。这样一种屈曲层深的构思方法,绝不是为了卖弄技巧,它能够恰到好处地表现出诗歌单纯意念下深藏着的复杂微妙的情绪心理,那种苦闷与慰藉、排解而又难解的感情纠葛。贯通《拟行路难十八首》的整体,构成组诗中心情结的,不正是这一矛盾尖锐的心理态势吗?

(陈伯海)

拟行路难十八首(其二)

原文

洛阳名工铸为金博山,
千斲[①]复万镂[②],上刻秦女携手仙。
承君清夜之欢娱,列置帏里明烛前。
外发龙鳞之丹彩,内含麝[③]芬之紫烟。
如今君心一朝异,对此长叹终百年。

注

① 斲(zhuó):斫,雕凿。
② 镂(lòu):雕刻。
③ 麝(shè):麝香。泛指香气。

鉴赏

这首诗写女子遭遗弃的痛苦,慨叹人心的易改善变。诗的特异之处,是抓住一个小物件——“金博山”落笔,着意铺叙点染,旁敲侧击,可谓运用传统比兴手法而有所推陈出新的好例子。

“博山”,一种香炉的名称,因炉盖形状像重叠的山形而得名。一般用铜器制作,称之为“金”,是形容其光泽的明亮,也表示它的名贵。这种香炉在古代相当时行,有的做工十分考究。葛洪《西京杂记》谈到:“长安巧工丁缓作博山香炉,镂以奇禽怪兽,皆自然能动”,可见工艺的精致。我们这首诗里的“金博山”也非比寻常之物,它由洛阳名工铸就,经过千斲万镂,刻上了精丽的图形。图绘中的“秦女携手仙”是什么意思呢?秦女,即春秋时秦穆公的女儿弄玉,爱好音乐,嫁给了萧史,亦善吹笛,夫妻欢爱相得,后双双骑凤升天而去。将这一对神仙伴侣的故事雕画在博山炉上,极有深意,它是女主人公昔日爱情生活的象征,也是她当前孤苦生涯的鲜明比照。诗篇在描写金博山时着力突出了这幅画面,确是“画龙点睛”的一笔。

“承君”以下四句,就把金博山同以往的爱情生活联结在一起叙述了。回想那时候,自己和心上人在两情欢洽的氛围里共度良宵,精巧的博山炉即放置在床帏间。它那龙鳞般的篆纹在烛光照耀下焕发奇彩,一缕缕轻烟随风传送出沁人的香味。多么令人陶醉而魂销啊!其间亦自有金博山的一份参与。由此看来,它不仅仅是主人公爱情生活的象征,同时也是那个永志不忘的幸福时辰的活生生的见证。

一路铺排至此,写的都是爱情和欢乐的场面,谁也没有料到,结尾处却陡然翻出变徵之音,一下子推向了悲剧的结局。在前后转接处,“如今”两字起了重要的提挈作用,它在往日的欢娱和今天的失意之间,划出一道分明的界线。于是我们知道,两情欢洽已成过去,而人心的一朝变异,却给主人公带来了终身的遗恨。憾恨而仍然不能忘怀过去，便只有对着那作为爱情见证物的博山炉叹息不已了。诗篇结末“对此”的“此”，正是指的开首时详加介绍的“金博山”。所以前面的大段描述，其实皆为女主人公失去爱情后的观感和忆念。懂得了这一点，我们回过头来重读上文，就会品尝到在那华美而充满柔情的辞藻背后，潜隐着无限的辛酸与苦涩。一个小物件，系连着主人公一生悲欢离合的命运波折，蕴含着她内心并发的甜酸苦辣诸般情味。藉此为绾接点，从侧面烘托出这样一个爱情悲剧，确能收到要言不烦、以少总多的艺术效果。至于篇终那一声人心不固、见异思迁的感叹，究竟局限于男女恋情，还是别有寄托所在，只能让各位读者去“见仁见智”了。

（陈伯海）

拟行路难十八首(其三)

原文

璇闺玉墀[①]上椒阁,文窗绣户垂绮幕。
中有一人字金兰,被服纤罗采芳藿[②]。
春燕差池风散梅,开帏对景弄禽爵。
含歌揽涕恒抱愁,人生几时得为乐?
宁作野中之双凫[③],不愿云间之别鹤。

注

① 墀(chí):台阶,亦指阶面。
② 藿(huò):草名,即藿香。
③ 凫(fú):野鸭。

鉴赏

这也是一首以女子口吻言情之作,不过抒写的并非失恋的哀痛,而是爱情渴求得不到满足的苦闷。

诗篇在叙述上采取由远及近、由物及人的写法,有点类似今天电影里的推移镜头。最初呈露在我们眼前的,是主人公居处的整个外景——一所豪华富丽的建筑物。漂亮的宅门、白玉的台阶,将我们的视线迤逦引上了用香椒涂壁的楼阁。这显然是一个贵家妇女的卧室。镜头逐渐由室外转向室内:雕花的窗子,精绣的门户,垂挂着轻绮织成的帘幕。那气派与房屋的外观一样,进一步确认了室中人的身份。于是,摄影机开始聚焦到了女主人的身上,她通体裹服在精制的绫罗绸缎之中,手里却在把玩着几株香草。佩用香草,这本是古代贵族女子的一种爱好,就像今天的女士们洒用香水一样。不过依据当时习俗,香草又常用作赠送情人的礼物。那么,我们这位女主人的手采芳藿,除修饰自身以外,是否也另有所指呢?诗中还点出她的名字叫“金兰”。按之《周易》:“二人同心,其利断金;同心之言,其臭(同嗅)如兰。”“金兰”二字后来就被当作“同心”的代名词使用。作者特地给主人公取了这么个芳名,不也是极富于启示性的吗?

如果说,前面这四句诗主要写了物景和静景,接下来的四句便着重进入人物的动态和心态。“春燕差池”形容燕子飞来时羽翼一张一翕的样子(“差池”犹“参差”),它和东风吹落梅花,同样显示了节令的转移。表面看来,这里也是写的外景,但和上面的写景文字性能不一,它并非纯客观的报导,而是主人公眼中得来的印象,带有人物主观心理的印记。果然,在户外一派大好春光的撩拨下,我们的女主人再也按捺不住了。她掀开帏幔,面对阳光,逗弄起停留在窗槛、枝丫上的鸟雀(“爵”同“雀”)来。这一行为细节,分明透露出她在重重禁锢的环境中的苦闷、挣扎与向往。无怪乎她尽管身居华屋、体被绫罗,却总是含歌未发,揽涕无言,悒悒寡欢。人生的乐趣究竟在哪里?真正的幸福何时才能降临?这一声声凄切的呼叫,来自一个空虚而又干渴的灵魂,是任何美食甘旨也填补不了的。

话说到这里,尚未正面揭开主人公深心埋藏的秘密。她到底为什么而长年“抱愁”?又把什么样的乐趣看作人生追求的目标呢?最后两句单刀直入,一下子点明了题意,但为了避免过分裸露,仍采用了喻体修辞手法。“双凫”,指成双结对的野鸭;“别鹤”,指失去伴侣的孤鹤。在习惯上,鹤被认作高贵的鸟,凫则低贱得多。而我们的女主人却用决绝的语气表白:她宁愿像水鸭双栖草野,不愿如别鹤高翔云间。贫贱而充满爱情的生活,远胜于富贵而孤独的囚笼。结尾处这一响亮的宣言,犹如闪电一般照亮了前文各个意象的底蕴,整个诗章也就于此戛然休止。

(陈伯海)

拟行路难十八首(其四)

原文

泻水置平地,各自东西南北流。
人生亦有命,安能行叹复坐愁?
酌酒以自宽,举杯断绝歌路难。
心非木石岂无感! 吞声踯躅[1]不敢言。

注

① 踯躅(zhí zhú):徘徊不进貌。

鉴赏

作为咏叹人生苦闷的抒情诗组,《拟行路难十八首》在抒述角度上有两个不同的类型:一是作者自己出面直抒胸臆;另一是作者不露面,假借诗中特定人物角色来抒发情感。前两首以思妇身份出现的言情之作,属于后一类型。本篇则属前一类型,着重表现诗人在门阀制度压抑下怀才不遇的愤懑与不平。

诗歌开首两句由泻水于地起兴,以水流方向的不一,来喻指人生穷达的各殊。这是一个很有名的比喻,它能够从平凡的日常生活现象中揭示深刻的哲理,耐人咀嚼,叫人感悟。当然,这个比喻可能亦有所本。清人钱振伦为《鲍参军集》作注时,曾引《世说新语 · 文学》里的一段记载:

"殷中军问:'自然无心于禀受,何以正善人少恶人多?'刘尹答曰:'譬如写(通"泻")水著地,正自纵横流漫,略无正方圆者。'一时绝叹,以为名通。"可见用"泻水置地"打比方,在当时的玄学清谈中早已出现,并非鲍照首创。不过细心剖析一下,刘尹的答话是用水形的规整与否来喻指人性的善恶不齐,而鲍诗则是以水流方向各别来显示人生遭际的殊异,其内涵并不等同。相比之下,刘说更富于学理气息,而鲍喻则更接近生活,更为生动自然,也更适合于诗的表现。从这个意义上看,诗人的独创性仍是无可置疑的。

次二句承接上文:既然人的贵贱穷达就好比水流的东西南北一样,是命运注定、不可勉强的,那又何必烦愁苦怨、长吁短叹不已呢?表面上,这是叫人们放宽心胸,承认现实,其实内里蕴蓄着无限的辛酸与愤慨。这关键就在一个"命"字上。大"命"当头,谁还能强争强求?只能听凭它贵者自贵,贱者自贱。但反过来问一声:"命"就真的那么公正合理吗?为什么人人必须服从它呢?低头认"命",原是无可奈何的事;把社会生活中一切不正常的现象归之于"命",这本身就包含着无言的控诉。

再往下,诗思的发展仍然循着原来的路子。认了"命",就应设法自我宽解,而喝酒正是消愁解闷的好办法。我们的诗人于是斟满美酒,举起杯盏,大口大口地喝将起来,连歌唱《行路难》也暂时中断了,更不用说其余的牢骚和感叹。

那么,矛盾就此解决了?诗还用得着写下去吗?“心非木石岂无感”一句陡然翻转,用反诘语气强调指出:活着的心灵不同于无知的树木、石块,怎么可能没有感慨不平!简简单单七个字,把前面诸种自宽自解、认命听命的说法一笔抹倒,让久久掩抑在心底的悲愤之情如火山般喷射出来,其热度和力度足以令人震颤。我们仿佛看到诗人扔下手中的酒杯,横眉怒目,拍案而起,正要面对不公平的命运大声抗辩。可是,他并未由此再进一步发泄这种感愤,却轻轻一掉,用“吞声踯躅不敢言”一句收结全诗,硬是将已经爆发出来的巨大的悲慨重又吞咽下去。“不敢言”三字蕴藏着无穷的含义,表明诗人所悲、所感、所愤激不平的并非一般小事,而有着重要的社会政治内容;愈是不敢言说,愈见出感愤的深切。经过诗篇结末两句这样一纵一收、一扬一抑,就把诗人内心悲愤难忍、起伏顿宕的情绪,淋漓尽致地表达出来了。套用一句老话,谓之“笔力足以扛鼎”。

这首诗在音节上也有它独到的地方。它不像前面第一、第三首诗采用纯七言句,而是用的长短相间的杂言体。杂言似乎不及七言整齐,但有个好处,就是能灵活组织句子,便于选择合适的声腔,以配合文情的传递。本诗头上六句正是巧妙地运用了五七言句式的交错,建构起一短一长、一张一弛的节奏形式,给人以半吐半吞、欲说还休的语感。而到了结尾处,则又改为连用七言长调,有如洪水滔滔汩汩地涌出闸门,形成了情感的高潮。声情并茂,可以说是鲍照乐府歌行的一大特点,它对唐人歌行体诗篇也产生过极其深远的影响,值得我们细心玩味。

(陈伯海)

拟行路难十八首(其六)

原文

对案不能食，拔剑击柱长叹息。
丈夫生世会几时？安能蹀躞垂羽翼！[①]
弃置罢官去，还家自休息。
朝出与亲辞，暮还在亲侧。
弄儿床前戏，看妇机中织。
自古圣贤尽贫贱，何况我辈孤且直！

注

① 蹀躞(dié xiè)：小步行走貌。

鉴赏

这首诗也是反映的仕途失意与坎坷。和前一首相比，表现形式上纯用赋体，抒述情怀似亦更为直切。

全诗分三层。前四句集中写自己仕宦生涯中备受摧抑的悲愤心情。一上来先刻画愤激的神态，从“不能食”“拔剑击柱”“长叹息”这样三个紧相连接的行为动作中，充分展示了内心的愤懑不平。诗篇这一开头劈空而来，犹如巨石投江，轰地激起百丈波澜，一下子抓住了读者的关注。接着便叙说愤激的内容，从“蹀躞”“垂羽翼”的形象化比喻中，表明了自己在重重束缚下有志难伸、有怀难展的处境。

再联想到生命短促、岁月不居,更叫人心焦神躁,急迫难忍。整个心情的表达,都采取十分亢奋的语调;反问句式的运用,也加强了语言的感情色彩。

中间六句是个转折。退一步着想,既然在政治上不能有所作为,不如丢开自己的志向,罢官回家休息,还得与亲人朝夕团聚,共叙天伦之乐。于是适当铺写了家庭日常生活的场景,虽则寥寥几笔,却见得情趣盎然,跟前述官场生活的苦厄与不自由,构成了强烈的反差。当然,这里写的不必尽是事实,也可能为诗人想象之辞。如果根据这几句话,径自考断此诗作于诗人三十来岁一度辞官之时,不免过于拘泥。

然而,闲居家园毕竟是不得已的做法,并不符合作者一贯企求伸展抱负的本意,自亦不可能真正解决其思想上的矛盾。故而结末两句又由宁静的家庭生活的叙写,一跃而为牢骚愁怨的迸发。这两句诗表面上引证古圣贤的贫贱以自嘲自解,实质上是将个人的失意扩大、深化到整个历史的层面——怀才不遇并非个别人的现象,而是自古皆然,连大圣大贤在所难免,这难道不足以证明现实生活本身的不合理吗?于是诗篇的主旨便由抒写个人失意情怀,提升到了揭发、控诉时世不公道的新的高度,这是一次有重大意义的升华。还可注意的是,诗篇终了用“孤且直”三个字,具体点明了像作者一类的志士才人坎坷凛冽、抱恨终身的社会根源。所谓“孤”,就是指的“孤门细族”(亦称“寒门庶族”),这是跟当时占统治地位的“世家大族”相对待的一个社会阶层。六朝门阀制度盛行,世族垄断政权,寒门士子很少有仕进升迁的机会。鲍照出身孤寒,又以“直”道相标榜,自然为世所不容了。钟嵘《诗品》慨叹其“才秀人微,故取湮当代”,是完全有根据的。他的诗里不时迸响着的那种近乎绝望的抗争与哀叹之音,也不难于此得到解答。

前面说过,同为诗人抗议人生的哀歌,本诗较之上一首的正言若反、半吐半吞,写法上要直露得多,但本诗也并非一泻到底。起调的高亢,转为中间的平和,再翻出结语的峭拔,照样是有张有弛,波澜顿挫。音节安排上由开首时七言长调为主,过渡到中间行云流水式的五言短句,而继以奇峰突出的两个长句作收煞,其节奏的高下抗坠也正相应于情感旋律的变化。所以两首杂言体乐府仍有许多共同之处。再进一步,拿这两首感愤言志之作,来同前面那些借思妇口吻言情的篇什相比较,风格上又有不少异同。前诗婉曲达意,这里直抒胸臆;前诗节拍舒徐,这里律动紧促;前诗情辞华美,这里文气朴拙——随物赋形,各有胜境。不过无论哪一类题材,都能显现出作者特有的那种奇思焕发、笔力健劲的色调,这正是鲍照诗歌最能打动人心的所在。《南史》本传用“遒丽”二字评论他的乐府创作,后来杜甫也以“俊逸”概括其诗风,其实“俊”和“丽”还只标示出它的体貌,“逸”和“遒”才真正摄得它的神理。

从鲍照的“俊逸”到李白的“飘逸”,是有着一脉相承的关系的。

(陈伯海)

拟行路难十八首(其七)

原文

愁思忽而至，跨马出北门。
带头四顾望，但见松柏园，荆棘郁蹲蹲[1]。
中有一鸟名杜鹃，言是古时蜀帝魂。
声音哀苦鸣不息，羽毛憔悴似人髡[2]。
飞走树间啄虫蚁，岂忆往日天子尊？
念此死生变化非常理，中心怆恻[3]不能言。

注

① 蹲蹲：这里指植物从聚茂密的样子。
② 髡(kūn)：古代剃去头发的刑罚。
③ 怆恻(chuàng cè)：凄怆悲痛。

鉴赏

《拟行路难十八首》就集中抒写人生感受的特点来说，可能受了阮籍《咏怀八十二首》的影响，但两者的作风是很不相类的。鲍照乐府中那种倜傥明快的音响，跟阮诗的隐晦曲折、闪烁其词，相去不啻十万八千里。不过现在谈的这首诗可以算作例外。它用的是比体，托喻之事又故意不写分明，所以读来有一种迷离惝恍之感，在整个组诗中属于别调。

诗的起头就起得怪:“愁思忽而至”,究竟“愁”的什么,又怎么个“愁”法呢?作者不但不加解说,反而接着大写“跨马出北门”的所见所闻,仿佛将原先的愁思轻轻巧巧地撇在一边了。其实这正是诗人狡狯之处,他安下了一枚“钉子”,却又故弄玄虚地转移我们的视线,读者切莫上当受骗。

果然,文章逐渐来了。步出北门,四顾瞻望,眼目所及,只是一片荒凉的坟园。“松柏园”在这里特指坟地,因古人墓穴上专植松柏而得名。遍地荆棘丛生,更说明这片坟园已成废墟,绝无人来打扫探视。

往下,诗人笔头一转,给坟园里的杜鹃鸟作了一个特写。为什么要专写杜鹃呢?相传此鸟的前身是古代蜀国的国王杜宇,他后来失去王位,流落异乡,死后冤魂便化成了杜鹃。这自然是人们因杜鹃鸟鸣声凄厉所附会出来的故事,而诗人则巧妙地利用这个传说,将荒园里的杜鹃同墓穴中的死者构成联想,暗示我们这鸟儿可能即是死者魂魄的化身。你听它声音哀苦,啼鸣不息,不正是死去的冤魂在倾诉自身的不幸吗?你看它毛羽颓脱,身形憔悴,恰似囚牢中的罪犯遭受了髡刑。可怜它如今只能飞走于林木之间,靠啄食昆虫、蚂蚁为生,哪还能顾及往日尊显的地位,享受那富贵荣华的生活?这一段描述与其说是写杜鹃,还不如说在给死者招魂。而通过这寓言托物的手法,诗篇的本意便影影绰绰地显露了出来。

于是来到了全诗结穴之处:“念此死生变化非常理,中心怆恻不能言。”“怆恻”就是“愁思”,一起一结,遥相呼应,意味着起首的哀愁一直贯串到底,“愁”的内涵并未改变。那么,究竟为什么而犯愁呢?诗句间似乎也已点明,那便是“死生变化”的道理,前面文字中着力描写的坟园景象和杜鹃神态,均足以昭示这一点。然若我们的理解仅局限于这一般化的死生之理上,恐还未能充分揭示诗篇的内在意蕴。我们应该注意到,寄寓于杜鹃形象上的死生变化现象,是一种与社会地位的沉沦、原有身份的颠踬相联系的独特的转变,一种带有浓烈政治色彩的生活变迁,这才是诗人着眼之所在。据此,有人认为本诗影射晋恭帝遭刘裕篡害之事,也有人以为暗指宋少帝被弑事,说法不一,难以轻下断语。但不管怎样,诗确系有为而发,则毋庸置疑。我们知道,六朝正处在政权更迭频繁、政局动荡不稳的历史阶段,改朝换代是家常便饭,统治集团间的纷争倾轧更永无休止。在这种政治局面下,往日安富尊荣的帝室权门、达官显宦,一旦倾覆,身死族灭,是很常见的现象。作者感喟于世态的混乱,而又回天无力,只能归之于死生变化非常之理。而由于篇中涉及时事,担心招来祸殃,便只好故意闪烁其词、晦曲其事了。作风的不同导源于内容的差异,这里也显示出作者“量体裁衣”的本领。

(陈伯海)

拟行路难十八首(其十)

原文

君不见蕣华[①]不终朝，须臾淹冉[②]零落销。
盛年妖艳浮华辈，不久亦当诣[③]冢头。
一去无还期，千秋万岁无音词。
孤魂茕茕[④]空陇间，独魄徘徊绕坟基。
但闻风声野鸟吟，岂忆平生盛年时。
为此令人多悲悒[⑤]，君当纵意自熙怡。

注

① 蕣(shùn)华：木槿开花。《说文解字》："蕣，木槿也。"高诱注《淮南子·时则训》"木堇荣"："木堇，朝荣暮落。"
② 淹冉：逐渐，渐渐。陶渊明《闲情赋》："时奄冉而就过，徒勤思以自悲。""奄冉"同"淹冉"。
③ 诣(yì)：前往；到达。
④ 茕(qióng)茕：孤独无依貌。
⑤ 悒(yì)：忧郁；郁闷。

鉴赏

宋代《乐府诗集》引《乐府解题》："《行路难》，备言世路艰难及离别悲伤之意，多以'君不见'为首。"鲍照《拟行路难十八首》中有七首以"君不见"开头，本诗就是其中之一。首句"君不见"三字既是《行路难》常用开头，又制造了对话的意境，仿佛作者与读者、诵唱者与听众对话一般。前两句先使用了一个欢乐的典故“有女同车，颜如舜华”（《诗经·郑风·有女同车》），再感叹时光流逝，万物终将淹冉零落。读者读到这里突然意识到，“蕣华”竟是朝荣暮落的花，便觉气氛更为悲凉。

第三、四句中的“浮华辈”或有咏史之意，令人联想到三国魏明帝时的“浮华案”。涉案者到了正始年间又分别加入曹爽、司马懿门下，其中许多人因政治因素而身死家灭。充满华艳气息的西晋，统一中土不过几十年，便挟带着许多高门子弟乃至皇子皇孙，消散在混乱中。鲍照本人青少年时期恰逢改朝换代，成年后在皇子幕府为官，亲身经历“元凶之乱”，自然见识或了解过为数不少煊赫一时又瞬间湮灭、“一去无还期，千秋万岁无音词”的例子。

他们或是遇到政治上的失败，或是受到他人牵连。比如弑父自立而被称为“元凶”的刘劭，杀死叔父刘义恭的十二个儿子。叛乱被平定后刘劭、刘濬的子女妻妾也全部被处死或赐死。这些受到牵连而死的人们，有的青春年少，有的还是幼童，很容易想象到他们从小锦衣玉食，有的不免做出轻浮之举，可谓“盛年妖艳浮华辈”。他们未必犯过重罪，只因是当权者政敌的近亲，就骤然同时失去了生命。进而又可想象，“孤魂茕茕空陇间，独魄徘徊绕坟基”，诗人来到无人祭扫的墓地，空气中传来风声鸟鸣，愈显此处冷寂。谁能想到坟茔的主人曾经“妖艳浮华”，眨眼间就从金尊玉贵的皇族化为了孤魂野鬼？

鲍照没有实际参与“元凶之乱”,却又不能算作完全的局外人。他在刘濬幕府期间,为其世子诞生作《征北世子诞育上表》。当这位年方三四岁的幼儿作为叛贼之子,被“枭首大航,暴尸于市”(《宋书·二凶传》)时,想来鲍照应该会回忆起,世子出生时整个王府为之庆祝的情景,文士们上表庆贺,谈论他美好的未来。反观今时今日,只剩孤魂独魄、寂寥坟墓,即使外人也会“为此令人多悲悒”,更何况和他们有所交往的鲍照。人在局中身不由己,深谙史籍又对所处时代局势有切身体会的鲍照提出“君当纵意自熙怡”,颇有《古诗十九首·青青陵上柏》的意味(诗中有“极宴娱心意,戚戚何所迫”)。后人评鲍诗“慷慨任气,磊落使才”“遒警绝人”(刘熙载《艺概》),确乎贴切。他复杂的人生经历和危机四伏的生活环境,是这种文学风格的重要成因之一。

(郭小小)

拟行路难十八首(其十三)

原文

春禽喈喈[①]旦暮鸣,最伤君子忧思情。
我[②]初辞家从军侨,荣志溢气干云霄。
流浪渐冉经三龄,忽有白发素髭[③]生。
今暮临水拔已尽,明日对镜复已盈。
但恐羁死为鬼客,客思寄灭生空精。
每怀旧乡野,念我旧人多悲声。
忽见过客问向[④]我,“宁知我家在南城?”
答云:“我曾居君乡,知君游宦在此城。
我行离邑已万里,今方羁役去远征。
来时闻君妇,闺中孀居独宿有贞名。
亦云朝悲泣闲房,又闻暮思泪霑裳。
形容憔悴非昔悦,蓬鬓衰颜不复妆。
见此令人有余悲,当愿君怀不暂忘!”

注

① 喈(jiē)喈:鸟和鸣声。
② 我:为代言体虚拟人物。但联系下面“我家在南城”的贯属,则有意把这个“我”与作者自身沟通起来。
③ 髭(zī):胡须。
④ 向:原作“何”,从钱振伦《鲍参军集注》校改。

鉴赏

这是《拟行路难十八首》的第十三首,写游子思归之情。

“春禽喈喈旦暮鸣,最伤君子忧思情。”以春禽起兴极佳。春禽的和鸣确实最易引动游子的羁愁,这就是后来杜甫所说的“恨别鸟惊心”。鸟儿一般都是群飞群居,春天的鸟又显得特别活跃,鸣声特别欢快,自然引起孤独者种种联想。这里又是“旦暮鸣”,从早到晚鸣声不断,这于游子心理的刺激就更大了。下面他就自述他的愁情了。“我初辞家从军侨,荣志溢气干云霄。”“军侨”即“侨军”,南北朝时由侨居南方的北方人编成的军队。“荣”“溢”皆兴盛之状。这两句说他初从军时抱负很大,情绪很高。“流浪渐冉经三龄,忽有白发素髭生。”“渐冉”,逐渐。看来他从军很不得意,所以有“流浪”之感,他感到年华虚度,看到白发白须生出,十分惊心。“忽”字传出了他的惊惧。“今暮临水拔已尽,明日对镜忽已盈。”这里写他拔白发白须,晚上拔尽,第二天又长满了,这是夸张,类似后来李白的“朝如青丝暮成雪”,写他忧愁之深。“但恐羁死为鬼客,客思寄灭生空精。”“寄灭”,归于消灭。“空精”,化为乌有的意思。这两句意思是,只是担心长期居留在外,变为他乡之鬼。“每怀旧乡野,念我旧人多悲声。”因此他常常怀念故乡,一想起家乡亲人就失声痛哭。上面是本诗的第一部分,自述从军无成、思念家乡亲人的心情。

“忽见过客问向我，‘宁知我家在南城?’”“南城”，指南武县，在东海郡。“问向我”，打听我，寻找我。所以“我”便反问他：你怎么知道我是南城地方的人？这就引出了下面一番话来。“答云：‘我曾居君乡，知君游宦在此城。”果然是从家乡来的人。“我行离邑已万里，方今羁役去远征。”“邑”，乡邑。这人看来也是投军服役，途中寻访早已来此的乡人，显然是有话要说。“来时闻君妇，闺中孀居独宿有贞名。”“孀居”即独居。这是说妻子在家中对他仍然情爱如昔。这里有一个“闻”字，说明这情况是这位乡人听说的，下句的“亦云”“又闻”也是这样的意思。说她“朝悲”“暮思”，又说她“形容憔悴非昔悦，蓬鬓衰颜不复妆。”极写妇人对丈夫的思念、对丈夫的忠贞，正如《行路难》前一首所写：“朝悲惨惨遂成滴，暮思绕绕最伤心。膏沐芳余久不御，蓬首乱鬓不设簪。”鬓发乱也不想梳理，因丈夫不在身边，打扮又有什么意思呢。“见此令人有余悲，当愿君怀不暂忘!”“见此”的“见”，依上当亦听说的意思。乡人这一番话一方面可以起慰解愁情的作用，因为这个游子急于想知道家人的消息，乡人的“忽见”，可谓空谷足音了。另一方面又会撩乱他的乡愁，妻子在家中那般痛苦，时刻望他归去，会使他更加思念了。还有一层情况，这个乡人叙说的情事都是得之听闻，并非亲见，这对于久别相思的人来说又有些不满足，更会有进一步的心理要求了。这一部分差不多都是写乡人的告语，通过乡人的告语表现他的思归之情,这是“从对面写来”的方法,正与第一部分自述相映衬。

《拟行路难》多数篇章写得豪快淋漓,而这首辞气甚是纡徐和婉,通篇行以叙事之笔、问答之语,絮絮道来,看似平浅的话语,情味颇多。用问话方式写思乡之情,鲍照还有《代门有车马客行》,王夫之评之曰:“鲍有极琢极丽之作。……惟此种不琢不丽之篇,特以声情相辉映,而率不入鄙,朴自有韵,则天才固为卓尔,非一往人所望见也。”(《古诗评选》)王夫之对《代门有车马客行》的赞评亦可移之于这首《拟行路难》。

(汤华泉)

拟行路难十八首(其十五)

原文

君不见柏梁台，今日丘墟生草莱；
君不见阿房宫，寒云泽雉[1]栖其中。
歌妓舞女今谁在？高坟垒垒满山隅。
长袖纷纷徒竞世，非我昔时千金躯。
随酒逐乐任意去，莫令含叹下黄垆[2]。

注

① 雉(zhì)：野鸡。
② 黄垆(lú)：犹黄泉。极深的地下。

鉴赏

据曹道衡先生考证，《行路难》的曲调原是近似《挽歌》一类的悲歌(见《中古文学史论文集·论鲍照诗歌的几个问题》)。此说当合乎实际。鲍照这组《拟行路难》的基本主题之一就是悲慨人生无常，本首诗就属于这类作品。

“君不见柏梁台，今日丘墟生草莱；君不见阿房宫，寒云泽雉栖其中。”“柏梁台”，汉武帝所建，非常豪华，武帝尝于其中宴请群臣，赋诗作乐。“阿房宫”，秦始皇宫殿，十分雄伟，其中妃嫔宫女，不知其数。这两座建筑是秦皇、汉武富贵尊荣生活的突出表现，而今天呢，都成了废墟。“草莱”，杂草。“寒云泽雉”,冷云野鸡。这景象显得多么清冷、荒凉,与昔日的繁华形成鲜明的对照。“歌妓舞女今谁在?高坟垒垒满山隅。”“歌妓舞女”是指蓄养于秦皇、汉武宫中的女乐,她们的不在,表示秦皇、汉武享乐生活的不能持久。“高坟垒垒”与如花似玉的容貌又是一个鲜明的对照。“长袖纷纷徒竞世,非我昔时千金躯。”“长袖纷纷”承上,是说歌妓舞女穷妍极态、争宠取怜,这里用了个“徒”,表示枉费心机,“非我昔时千金躯”,到头来形销魄散,终归于尽。这又是一个对照。这里用了一个“我”字,借宫女的口吻说法,很是冷峻。这两句似还有深一层的讽世意味。长袖竞世,是一种情态百出、忘乎所以的形象,当不仅指那些宫人,还用来象征世上追逐名利的奔竞之徒。在作者看来,这种追逐也是全然没有意义的。“随酒逐乐任意去,莫令含叹下黄垆。”还不如随酒逐乐,得快乐时且快乐,不要等到死时空自叹息。“黄垆”即地下。“含叹下黄垆”亦不是泛泛而言,当含有沉痛的历史教训的意味,自古以来有多少“因嫌纱帽小,致使锁枷扛”的悲剧,远的如李斯上蔡黄犬之叹,近的如陆机华亭鹤唳之悲,都是典型的例子。

这首诗先以历史上两个著名的好大喜功、穷奢极欲的帝王作例,表明作为人生极致的追求也是没有意义的。然后由宫女影射世人,见出攀附权势、追逐名利的徒劳。最后的结论是:人生虚幻,及时行乐。这样的思想似乎太消极悲观了。《拟行路难》中不少作品都表露了这样的思想情绪。这里有个问题:鲍照为什么特别喜好写这种类似挽歌的作品?写得这般痛切、这般感伤?应当说这是他心中的苦闷、悲愁的发泄,是被压抑的人生欲望的一种曲折的伸张,如果他真的认为人生无意义,就不必如此慷慨悲歌了。《拟行路难》中其他几首悲歌,多是以花草、霜雪、日月比况人生无常,这首诗写的是社会现象,而且是典型的社会现象,看来他并不是简单地否定人生,而是在这种否定的言辞里深含着愤慨的情绪,对权势的垄断者、名利的占有者的极为厌恶和愤恨。这种情绪与他的孤贱出身、坎坷遭遇密切相关。这就是"人生无常"的底蕴,可以说是在消极的形式中含有积极的内容。

(汤华泉)

梅花落

原文

中庭杂树多，偏为梅咨嗟[1]。
问君何独然？
念其霜中能作花，露中能作实，
摇荡春风媚春日。
念尔零落逐寒风，徒有霜华无霜质！

注

① 咨嗟(zī jiē)：叹息；赞叹。

鉴赏

《梅花落》属《横吹曲》，在郭茂倩《乐府诗集》中，鲍照的这首《梅花落》还算是较早的一首。诗的内容是赞梅，但是作者先不言梅，而“以杂树衬醒，独为梅嗟”。诗人说庭中的杂树众多，可我却偏偏赞叹梅花。如果我们再往下看，这发端的一句，又不仅仅是起着“衬醒”的作用，因为“衬醒”的效果，使得高者愈高，低者愈低，于是便触发了“杂树”的“不公”之感，因而也就按捺不住地提出质问——“问君何独然？”这“问”的主语便是“杂树”。“独”字紧扣着“偏”字，将问题直逼到诗人面前，诗人回答得也很爽快，那是因为梅花不畏严寒，能在霜雪之中开花，冷露之中结实。

这是赞梅的理由。但是,为了使“偏”与“独”有所交代,也为了使发问者(杂树)对自己有所了解,所以接着又说,想想你们吧,只能招摇于春风,斗艳于春日,即使有的也能在霜中开花,却又随寒风零落,终没有耐寒的品质,是所谓“寒暑在一时,繁华及春媚”(鲍照《咏史》)。如此相比,则“偏为梅咨嗟”一语,便得到全面而有力的阐发。

明代钟惺说这首诗:“似稚似老,妙妙。”(《古诗归》)这个评语颇有见地,也很耐人寻味。这首诗结构单纯,一二两句直抒己见,第三句作为过渡,引出下文的申述。言辞爽直,绝无雕琢、渲染之态,比如对梅的描写,这里就见不到恬淡的天姿,横斜的身影,也嗅不到暗香的浮动,更没有什么高标逸韵,力斡春回的颂词,而只是朴实无华,如实道来——霜中能作花,露中能作实;其句式韵脚,亦随情之所至,意之所须,有五言,也有七言;“以花字联上嗟字成韵,以实字联下日字成韵”(沈德潜《古诗源》),新奇而不造作。诗人以如此单纯朴拙、随意自然的形式,说着并不怎么新鲜的事情,确有几分“稚”趣。然而,“念其”“念尔”,不无情思,足见褒贬之意,早存于心,所以观点鲜明,一问即答,且能不枝不蔓,舍形取神,切中要害,是亦绝非率意而成。“今日画梅兼画竹,岁寒心事满烟霞”(郑板桥《梅竹》)。画家“心事”在画中,诗人的“心事”又何尝不藏在诗中呢!我们先不妨读一段《南史·本传》中的记载:“(鲍)照尝谒(刘)义庆,未见知,欲贡诗言志,人止之曰:卿位尚卑,不可轻忤大王。照勃然曰：千载上有英才异士沉没而不闻者，安可数哉！大丈夫岂可遂蕴智能，使兰艾不辨，终日碌碌与燕雀相随乎？于是奏诗……”(《南史》卷十三)。这段文字不仅可以使我们窥见其人，亦有助于理解这首诗。如果说傲霜独放的梅花，就是那些位卑志高、孤直不屈之士的写照，当然也可以说是诗人自我形象的体现。那么，“零落逐寒风”的“杂树”，便是与时俯仰、没有节操的龌龊小人的艺术象征。诗人将它们加以对比，并给予毫不含糊地褒贬，一方面反映了诗人爱憎分明、刚正磊落的胸怀，一方面也表现了他对“兰艾不辨”、贵贱不分的世风的抨击和抗争！萧涤非先生曾经说：鲍照“位卑人微，才高气盛，生丁于昏乱之时，奔走乎死生之路，其自身经历，即为一悲壮激烈可歌可泣之绝好乐府题材，故所作最多，亦最工”(《汉魏六朝乐府文学史》)。这首诗虽是咏物，然其身世境遇、性格理想、志趣情怀无不熔铸其中。就以上所言，则又显示出它的慷慨任气、沉劲老练的特色。因而，那“似稚似老”的评语实在是精当绝妙！

(赵其钧)

代北风凉行

原文

北风凉，雨雪雱[①]。
京洛女儿多严妆。
遥艳帷中自悲伤，沉吟不语若为忘。
问君何行何当归，苦使妾坐自伤悲。
虑年至，虑颜衰。
情易复，恨难追。

注

① 雱(pāng)：雪盛貌。

鉴赏

本篇在《乐府诗集》中属《杂曲歌辞》。郭茂倩说："鲍照《北风凉》、李白《烛龙栖寒门》，皆伤北风雨雪，而行人不归。"开篇二句，出自《诗经·邶风·北风》："北风其凉，雨雪其雱。"极写风狂雪虐的自然环境，构成一个凄冷迷茫的背景。在这背景上，先泛写京洛女儿盛妆入时、风姿绰约的群像，进而呼出一位妍丽可爱而独自悲伤的闺中少妇，展示她寂寞凄伤的心绪。离群索居的她，在闺房帷帐之中，沉吟不语，恍惚怅惘，若有所失。她低回默念，沉吟不语，思念远行在外的夫婿：你如今滞留何方？什么时候才能回到我身旁？你音书杳然，真让我苦思苦想，难遣忧伤！岁月流逝，一年将尽，时光催人老，红颜不常驻，叫我怎能不忧伤？纵然你总有回家的一天，夫妻恩爱如初；可我的青春却是一去不回还！这遗憾是难以弥补的啊！细味女主人公一再感叹的悲伤和忧虑，分析她精神生活的深层，可知她的沉吟不语，实因触景生情、触目惊心，一时思绪万千，难以为情所致。北风雨雪纷飞不能不引起她思想感情的波动。“遵四时以叹逝，瞻万物而思纷。”（陆机《文赋》）逝者如斯，被岁月长河卷去的青春，一去难返。“年年岁岁花相似，岁岁年年人不同。”（刘希夷《代悲白头翁》）这朴素而强烈的感悟，自然使她产生了虚掷青春的悲伤和不平。这样看来，本篇的意蕴应是对人生旅途中美丽的青春年华的珍惜，对人生应有的爱情、幸福的渴望。已故美学家朱光潜先生说过：“美，未必有韵，美而有情，然后韵矣。美易臻，美而浮之以韵，乃难能耳。”他还举《古诗十九首》“迢迢牵牛星”一首为例说：“前半篇写得静美，后半篇透出情韵。”（《朱光潜美学论文集》）鲍照这首诗中的女主人公，可谓艳而有情，心海澎湃而沉吟不语，极饶耐人回味的情韵。

和鲍照杂言乐府中那些俊逸奔放、奇峭跌宕、婉丽幽深之作不同，本篇在长短间错的杂言形式中，回响着晋宋以来乐府民歌悠扬流美的旋律，在音节的调动与平声韵脚的变化中，创造出极富民歌韵味的清新活泼的节奏美，以轻盈流畅、含蓄深沉的韵味取胜。全诗没有生涩奇奥的辞藻堆砌，只以畅朗如民歌的语言，直抒情怀，写出了女主人公含义深长的沉默，以真味动人心弦。在人生的诸般体验中，最属于个人的痛苦，乃是爱情的痛苦。“沉吟不语若为忘”，由真入神，形神兼备，像浮雕一般，矗立读者眼前。虽“沉吟不语”，却比呼天喊地的呼号、如火如荼的痛哭，更引人遐想，荡激人的心海。它像一支轻柔的小夜曲，仿佛由远及近，再由近及远地在你的耳际萦回，大有绕梁三日之韵致。这种俚而不俗、质中见丽的清新风格，是鲍杂言乐府的一个重要特色，对唐代诗人如李白的歌行创作，影响十分明显。宋人陈师道在《后山诗话》中称“鲍照之诗，华而不弱”，以此诗证之，诚然。

（林家英）

代春日行

原文

献岁发，吾将行。
春山茂，春日明。
园中鸟，多嘉声。
梅始发，柳始青。
泛舟舻，齐櫂惊。①
奏《采菱》，歌《鹿鸣》。
风微起，波微生。
弦亦发，酒亦倾。
入莲池，折桂枝。
芳袖动，芬叶披。
两相思，两不知。

注

① 舻(lú)：泛指船。 櫂(zhào)：船桨。

鉴赏

《春日行》属古乐府《杂曲歌辞》。“代”犹拟，仿作。这首诗描写在明媚的春光中男女青年郊游嬉戏的欢乐情景。

前八句写陆游之乐。“献岁”即岁首，一年之始。《楚辞·招魂》:“献岁发春兮,汩吾南征。”“吾将行”,是借用《楚辞·涉江》:“忽乎吾将行兮”中的成句,在此谓我将出发春游。往下即写郊外所见的明媚春光:百草绿缛争茂,万木欣荣葳蕤,千山万岭都披上了青春的绿装。光明灿烂的春晖,洒满绿色大地,焕然成彩,暖气融融。园林中到处莺声燕语,鸣声清脆,仿佛一曲曲悦耳动听的春歌。红梅在春风中第一个竞先怒放,向人间报告春的信息。含烟惹雾的杨柳枝条,已纷纷抽出嫩芽,渐渐由黄转青……春天给人们带来的一切,都那样新鲜明丽,生意盎然。

接下去的八句再写水游之乐:春游的人们来到烟波浩渺的水上,荡起了龙舟画舫;他们整齐地举起船桨,使劲地划呀划呀;船儿飞快地在水上滑行,水鸟被惊得扑翅飞向两岸。人们不禁心旷神怡,逸兴遄飞,在船上奏起了江南的《采菱曲》,音调流转柔婉;时而又唱起古老的《鹿鸣》歌(《诗经·小雅》中一篇,是宴客的诗),情韵和雅古朴。和煦的春风吹皱了一池春水,泛起层层涟漪;大家在弦歌声中频频举杯祝酒,尽情痛饮。

“入莲”四句则侧重写女子的水游之乐:她们荡开双桨,时而没入一片荷叶田田的池中,时而又傍岸攀折那尚未开花的桂枝。随着她们透着香气的罗袖频频挥动,船儿便轻快地前进,那些芬芳的水草叶子纷纷地向两边倒伏让路。

最后两句写春游中的青年男女彼此产生了爱慕相思之

情，这是一种隐秘微妙的心理状态：两方都钟情于对方，又都不知道对方同时也在相思之中。当然，双方情根既已萌发，早晚必将破土而出；两颗内在炽热而外表封闭的心，早晚也将互相撞击、彼此交流：或明媒提亲，或幽期密约，或大胆私奔……这些往后的行动和结果，给读者留下了丰富的悬念和想象的余地，所谓“含不尽之意见于言外。”（欧阳修《六一诗话》）此诗结尾的妙处，即在于此。故沈德潜评曰：“声情骀荡。末六字比‘心悦君兮君不知’更深。”（《古诗源》卷十一）

此诗通篇三言句法，这最早源于民间谣谚。如《述异记》载吴夫差时童谣：“吴宫秋，吴王愁。”《史记·淮阴侯列传》中韩信引古谚：“狡兔死，良狗烹；飞鸟尽，良弓藏；敌国破，谋臣亡。”然魏晋以来，文人诗中三言者殊为罕见，因而此诗弥显别具一格，足见鲍照善于学习民歌形式并加以提高。这种通首三言，隔句押韵的歌行，具有句短拍促、节奏明快、声情骀宕的特点；与春游行进的步伐、轻舟荡桨的节奏、男女欢娱的气氛以及整篇欢乐明快的诗情，恰好十分和谐，达到了声情与词情的完美统一。

意境优美，脉络错综，也是此诗的一个显著特点。前八句写陆游春景，移步换形，重在声色渲染，突出明媚璀璨的良辰美景，是景中含情；游人虽在活动，然景物则处于静态。“泛舟”以下十二句写水游之乐，一句一个动作，摇曳多姿，重在突出弦歌樽酒的赏心乐事，是情中有景；船动，人动,景动,则全然动态描写。至结尾二句,重下两个“两”字,则将男女、水陆总挽作结,余意优游不竭。全诗洋溢着浓郁的诗情画意,显出俊逸的风格。

最后顺便提一下,清人张玉穀《古诗赏析》云:“入莲四句……却即夏、秋写景。”实未必然。因为虽然荷花夏季开,桂花秋季开,但并不妨碍它们春季叫“莲池”和“桂枝”。否则,题目叫《代春日行》,而又去写夏秋之景,岂非文不对题?鲍参军恐不致如此荒谬吧!

(熊　笃)

登庐山二首(其一)

原文

悬装乱水区，薄旅次山楹。
千岩盛阻积，万壑势回萦。
巃嵸[1]高昔貌，纷乱袭前名。
洞涧窥地脉，耸树隐天经。
松磴[2]上迷密，云窦下纵横。
阴冰实夏结，炎树信冬荣。
嘈囋晨鹍思[3]，叫啸夜猿清。
深崖伏化迹，穹岫閟长灵[4]。
乘此乐山性，重以远游情。
方跻[5]羽人途，永与烟雾并。

注

① 巃嵸(lóng zōng)：高耸貌。
② 磴(dèng)：山路的石级。
③ 嘈囋(cáo zàn)：嘈杂。 鹍(kūn)：鹍鸡，鸟名。《楚辞·九辩》："鹍鸡啁哳而悲鸣。"洪兴祖补注："鹍鸡，似鹤，黄白色。"
④ 岫(xiù)：峰峦。 閟(bì)：关闭。引申为清静、幽深。
⑤ 跻(jī)：登，升。

鉴赏

鲍照的《登庐山》诗与《登大雷岸与妹书》，同写庐山壮观。诗不及《书》素有盛名,但也不失为晋宋之际山水诗兴起时期之一佳作。鲍照为江州刺史临川王刘义庆之佐吏,时在宋元嘉十六年至十七年(439—440),诗与《书》即此时所作。《书》中有“西南望庐山,又特惊异”之句,则诗之作在《书》之后。诗写“登庐山”,是偿其“望庐山”之心愿矣。

“悬装乱水区,薄旅次山楹。”从人的行程写起,这是我国早期山水自然诗之通例。上句,悬装犹言携带行李。悬者,系也。《孟子·公孙丑上》:“民之悦之犹解倒悬也。”乱水区,是说乘船渡过大江。乱者,渡也。《尚书·禹贡》:“乱于河。”孔安国传:“绝流曰乱。”下句写舍舟登岸之后,游子就投宿在山房。《卓氏藻林》:“山楹,山房也。”用字多用古义,这是早期山水诗不十分成熟的表现。

“千岩盛阻积,万壑势回萦。”这已从登山所见写起。登山应当在次日。但见群峰峻极于天,众壑奔赴回旋。阻积状山峰之高险,而冠之以“盛”,回萦状山壑之气势,而直出“势”字,皆雄健之笔。此二句顿时写出庐山壮观来,而不假古字僻字。用自然的笔墨来描写大自然,这才是山水诗的正道。当诗人面对大自然时,他当下便放下一切,这就是大自然对人的洗礼。“巃嵸高昔貌,纷乱袭前名。”巃嵸意即崔巍。此二句结构倒装,语有省略。上句犹言昔貌高巃嵸,意思是庐山昔貌崔巍,今日崔巍如旧。下句说群峰甚多,各有其名,其名由来已久。这两句是初见庐山,情不自禁的赞叹语。“洞涧窥地脉,耸树隐天经。”上面四句,是总写山貌，总的赞叹，以下即为细部描绘。往深涧俯视，则山涧之深深不可测，似乎连接地下水道。往峰巅仰望，则峰顶树木耸入云霄，而与日月星辰相接。天经，此是言天体运行之道。《登大雷岸与妹书》：“（庐山）峰与辰汉相接，上常积云霞，雕锦缛。”可以参读。“松磴上迷密，云窦下纵横。”磴，注家云是“石桥”，不对。石桥平卧，如何可以说“上”？磴者，山路的石级。《水经注·汾水》：“羊肠坂在晋阳北，石磴萦委，若羊肠焉。”可证。此二句诗，亦用倒装结构。石径，则曲折远上山间，消失在迷茫稠密之松林中。云彩，则纵横缭绕于山洞下。北宋画家郭熙《林泉高致·山水训》云：“山得水而活，得草木而华，得烟云而秀媚。”虽言画理，亦通诗意。鲍照之诗，已得此意。“阴冰实夏结，炎树信冬荣。”此二句指点出庐山包蕴之大，景观气象万千。阴岩下有冰，至夏天犹未化。阳坡上的树，在冬天能开花。笔墨入奇。“嘈囋晨鹍思，叫啸夜猿清。”嘈囋，状山鸟鸣声。思念去声，训为情思。猿清，语同《荆州记》：“重岩叠嶂，隐天蔽日。高猿长啸，属引清远。”山鸟鸣唱则有情，山猿夜啸而意清，笔意所至，遂将此山万物有情化了。而此山人物，亦自然不俗。“深崖伏化迹，穹岫閟长灵。”注家云：“化迹，西国化人之迹。”此说可从，但不必拘着。东晋高僧慧远隐居庐山三十年，弘扬佛法，名动四方。而庐山及周围一带，亦不乏隐逸之士。东晋刘遗民弃官隐于庐山，与陶渊明、周续之，当时“谓之浔阳三隐”（《宋书·周续之传》),刘、周后皈依佛教,渊明则不与。所以,此二句诗,是泛说此山深藏有道之人、隐逸之士,其事迹精神,亦长存此山。

“乘此乐山性,重以远游情。”此下四句,发舒登临此山油然生起的返归自然之情思。乐山,语本《论语·雍也》:“子曰:知者乐水,仁者乐山。”诗人本性爱好自然,故特重远游此山之情。此二句出自本色,语意皆佳。“方跻羽人途,永与烟雾并。”羽人,谓羽化飞举之人,即道教中的成仙者。由此可见,上面“深崖”二句,并不专说佛教中人。此二句结笔,是依当时山水诗卒章谈玄之通例,说自己要沿着羽人升举之道路,得长生而弃世间。诗意,其实还是在于对大自然的一份无限向往之情。

鲍照此诗以雄健峭拔之笔,写出庐山之壮观,写出其气象万千之细部,并表现出俊逸特出之个性,故不失为早期山水诗之一佳作。陈祚明《采菽堂古诗选》评之云:“坚苍。其源亦出于康乐(谢灵运),幽隽不逮,而矫健过之。”说得不错。鲍照诗,多为乐府,多写寒士在政治上受压抑的不平之情,这表明他能够对当时的门阀专政这一大时代课题,作出卓越的回应。刘勰《文心雕龙·明诗》云:“宋初文咏,体有因革,庄、老告退,山水方滋。”这就是说,人对自然的再发现,和以诗歌文学表现自然美,又是晋宋之际的一大人文潮流。鲍照此首《登庐山》诗,及其《登大雷岸与妹书》,则表明他也能够对当时表现自然美这一大人文潮流,作出有力的贡献。杜甫曾赞叹鲍照:“俊逸鲍参军。”如实地说,俊逸,既是鲍照为诗的特征,亦是其为人的特征。而为人乃是为诗的本原。

(邓小军)

登黄鹤矶

原文

木落江渡寒，雁还风送秋。
临流断商弦，瞰川悲棹讴[①]。
适郢无东辕，还夏有西浮。
三崖隐丹磴[②]，九派引沧流。
泪竹感湘别，弄珠怀汉游。
岂伊药饵泰，得夺旅人忧？

注

① 瞰(kàn)：俯视。 棹(zhào)：船桨，亦指船。 讴(ōu)：歌唱。
② 磴(dèng)：山路的石级。

鉴赏

刘宋大明六年(462)秋，孝武帝刘骏第七子刘子顼为荆州刺史，出镇江陵(今属湖北)，诗人以子顼征虏将军府参军随赴荆州任所，途中行经武昌(今湖北武昌)，登黄鹤矶(在黄鹤山，即今蛇山西北)而写下了这首诗，表达他当时离别家乡的悲愁和倦于奔波的愁苦心情。

首二句“木落江渡寒，雁还风送秋”，写登黄鹤矶时所见眼前景物并点明季节：大雁南飞，寒风北来，树叶纷纷零落，使大江边的渡口平添了一派肃杀萧条景象。这二句意象开阔而又苍凉,一开始就使诗蒙上了一种抑郁低沉的情调,起手不凡。方东树在《昭昧詹言》中称其可与屈原“洞庭波兮木叶下”媲美,并非虚美之辞。

三、四两句,切题之“登”,写诗人登上黄鹤矶,俯视着莽莽长江,不由得悲从中来,抚弦怆然。“商”是凄厉的高音阶,诗人满腔悲愁之余,琴弦高张,琴声凄绝,直弹到弦子蹦然而断。此时江上又传来阵阵渔歌,这歌声在秋风中显得格外悲凉,使诗人胸中一悲未已,一悲又起。当时,诗人已年近五十,近三十年的漂泊奔波生活,使他的身心受到了极大的摧残,迫切希望能有一个安宁的生活环境,不再四乡奔波。这次他在临上荆州时的《从临海王上荆初发新渚》诗中,就已吐露了“奉役途未启,思归思已盈”的不愿离乡远行之情;而此时秋景的肃杀,使他联想到人生暮年的来临,大江的川流不息,使他痛感生命的一逝不返,诗人又怎能不索琴急弹、一泻悲怀呢?

中间四句,正面写登临所见。“郢”,楚国国都,即荆州江陵,诗人由武昌往江陵,不得东回,故云“适郢无东辕”。下句“还夏有西浮”,借用《楚辞·哀郢》中“过夏首而西浮”句,“夏”指夏水,在江陵附近,诗人前往江陵,故只有浮舟西行。“三崖隐丹磴,九派引沧流”,《荆州记》:“江至浔阳,分为九道。”“九派”,指浔阳(今江西九江)至武昌一段长江分为许多支流。“三崖”,钱仲联以为:“似指江宁三山而言,地隔已远,故隐没而不见也。”(《鲍参军集注》)丹磴,当指在阳光照映下焕发出红光的远山。诗人远眺家乡，却不得而见，只有收回目光，近看眼前的江流纵横。这四句看上去全似客观叙述，然其中却贯注了强烈的感情色彩。上二句用《哀郢》语，暗示自己的西行，也如屈子去郢一般是极不情愿之事。下二句中，“丹”字是全诗唯一暖色调字眼，而它偏偏又标志着故乡的方位，足见在一片灰暗秋景中，唯有故乡方向的一片阳光，才能给诗人心头带来一丝暖意。这“丹”字色彩的与全诗不协，正显示着故乡与黄鹤矶——亦即奔波宦程的象征——之间的鲜明对立！至于那九派乱流，不正是望故乡而不见的诗人内心茫乱的外化吗？一个“沧”字，又从音节上使读者联想到景色的“苍”凉、内心的悲“怆”，含蕴极为丰富，而外表又极不露声色。

后四句，写登临眺望所引起的感受和当时的心情。“泪竹感湘别”，用舜二妃事，《博物志》：“尧之二女，舜之二妃，曰湘夫人。舜崩，二妃啼，以涕挥竹，竹尽斑。”“弄珠怀汉游”，化用张衡《南都赋》“游女弄珠于汉皋之曲”句，传说郑交甫在汉皋台下遇二女，佩两大珠，交甫求得其珠，而不久珠与二女皆不见。这二句前者形容诗人离别家乡时的悲泣，后者既希望在这番西行中能有异遇，又觉得这个希望终属渺茫。二句虽是用典，但诗人身在武昌，则南望湘流、西瞩汉水亦是可能之事，故典故并不觉得凭空飞来，而是仍然与“登黄鹤矶”相切合。末二句说尽管旅途中也有音乐和食物（据黄节说，“药饵”应作“乐饵”）的享受，但这些又岂能驱散自己心中的无穷悲愁？点明悲愁心绪，收束全篇，照应前文的断弦、悲歌，首尾呼应。一个憔悴老病、忧愁万端的诗人形象跃然纸上。

本诗对仗工稳，是向永明体过渡时期的代表作品，遣词造句也形象生动，蕴藉含蓄。首二句尤其警策，沈德潜评之为“发端有力”(《古诗源》卷十一)，而唐代孟浩然的“木落雁南渡，北风江上寒”(《早寒有怀》)，受此二句的影响，更是显而易见的。

（丁福林　沈维藩）

登云阳九里埭

原文

宿心不复归[①],流年抱衰疾。
既成云雨人[②],悲绪终不一。
徒忆江南声,空录齐后瑟。[③]
方绝萦弦思,岂见绕梁日。[④]

注

① 宿心:本来的心意。

② 云雨:比喻朋友别离。语出王粲《赠蔡子笃诗》:"风流云散,一别如雨。"颜延之《和谢监灵运》:"人神幽明绝,朋好云雨乖。"

③ "徒忆"二句:意思是写诗寄怀不过徒劳。江南声、齐后瑟,皆指乐府诗篇。《乐府诗集》有《江南》和《齐瑟行》,《乐府解题》:"《江南》古辞,盖美芳晨丽景,嬉游得时也。"《歌录》:"《名都》《美女》《白马》,并《齐瑟行》也。曹植《名都篇》曰:'名都多妖女。'《美女篇》曰:'美女妖且闲。'《白马篇》曰:'白马饰金羁。'皆以首句名篇。"

④ "方绝"二句:意思是虽然有才,但不遇时机,不得施展。语出陆机《演连珠》:"臣闻应物有方,居难则易;藏器在心,所乏者时。是以充堂之芳,非幽兰所难;绕梁之音,实萦弦所思。"萦弦,萦曲之弦,比喻藏器待时之士。绕梁,出《列子·汤问》,形容歌声高亢回旋,久久不息。

鉴赏

云阳在今江苏丹阳,离当时的首都建康不远,此诗题目作《登云阳九里埭》,似当时常见的山水行旅诗,但其实是一首咏怀诗，脱离了元嘉时期诗歌的繁冗，顿挫精炼，从内容上看，大约是鲍照中晚年所作，抒发了孤寂寥落、怀才不遇的悲哀。首二句直抒胸臆，“宿心不复归，流年抱衰疾”，以往的志向终究难以达成，岁月如流，只余一身衰老和疾病。三、四句转而一宕，“既成云雨人，悲绪终不一”，知交四散，无人可语，悲痛的思绪参差往复，难以排解。时间流逝除了带来肉体上的衰病，更带来心灵上的孤独。知交四散，再加以身衰多病，世事险艰，更添悲愁。鲍照多赠别诗，悲思缅邈，情怀率诚，如《与伍侍郎别》：“子无金石质，吾有犬马病。忧乐安可言，离会孰能定?”可为此诗前半一注脚。

五、六句又一转，“徒忆江南声，空录齐后瑟”。说自己写下那么多诗篇抒发情怀壮志，不过徒劳而已。“江南声”和“齐后瑟”皆指乐府。前者指民歌乐府，后者指文人乐府。南朝文人雅好江南民歌，仿制者比比皆是，鲍照也不例外，写过不少民歌乐府，如《吴歌》《采菱歌》《代春日行》等。“江南”曲绮丽骀荡，有着“美芳晨丽景，嬉游得时”的表象，但鲍照充沛的才情赋予了这些乐府民歌独特的韵味。如《代春日行》以优美明快的三字句，生动地刻画了春日的美景胜游和青年间的恋慕相思，“……风微起，波微生。弦亦发，酒亦倾。入莲池，折桂枝。芳袖动，芬叶披。两相思，两不知”，热烈含蓄，清艳澄澈，为无数诗家推崇，“止三字句，其节甚短，而炼则极炼，醒则极醒，畅亦极畅，允推独步”(成书《多岁堂古诗存》)。又如《采菱歌》其四:“要艳双屿里,望美两洲间。袅袅风出浦,容容日向山。”情思要渺,寄兴遥深,既有《诗经·秦风·蒹葭》空灵虚渺的风人之旨,也有《楚辞·九歌》思慕缠绵的不尽余味。王夫之在《古诗评选》中称赞,“语脉如澹烟萦空,寒光表里,王江宁极意学此,犹觉敛舒未顺”。鲍照写的最好的民歌乐府都带有一些象征和寄托色彩,寄予了一种广泛的人生体验,解释为理想的渺茫难即,是完全可以的。

鲍照酷爱且擅长写乐府诗,除了“江南声”的民歌乐府外,他还创作了大量慷慨雄健的文人乐府诗,即“齐后瑟”,无论题材还是内容,情感表达还是诗歌语言,都比曹植等前辈更广阔、更激怆,如《代陈思王白马篇》《代陈思王京洛篇》《代出自蓟北门行》《拟行路难》等。《代陈思王白马篇》和曹植的《白马篇》相比,已无游侠之气而纯写军旅,更接近后来的边塞诗,诗中所写的军人形象在追求崇高的精神境界和自我价值的实现上,和曹植一脉相承,却比曹诗更多一层现实的艰辛和痛苦。“……含悲望两都,楚歌登四墉。丈夫设计误,怀恨逐边戎。弃别中国爱,邀冀胡马功。去来今何道,卑贱生所钟。但令塞上儿,知我独为雄。”即使抛弃一切从军,饱受艰辛,在塞上建立了威名,却终究因为出身卑贱而并未得到什么功名。又如《代出自蓟北门行》中描写战场的诗句:“雁行缘石径,鱼贯度飞梁。箫鼓流汉思,旌甲披胡霜。疾风冲塞起,沙砾自飘扬。马毛缩如猬，角弓不可张。”比以往同类型的诗歌更为形象具体地刻画了边塞的景象和军旅生活，颇有后来唐朝边塞诗的雄健恢宏之势。《拟行路难》对齐言式乐府的突破、对生命价值激烈而敏感的歌咏，在当时就已流布诗坛，更为以后历代诗人取材和效仿。

鲍照以乐府诗闻名，《登云阳九里埭》中他以乐府来代表自己的才能，可见他对乐府的喜爱和造诣。比起通常的五言诗，乐府更适合表现他激情澎湃的个性，发挥他充溢纵横的文学才情，表现一种极具个人特色的丰富复杂的内心情感，体现更细微、更深刻的人性。因为出身寒微、心灵压抑而迸发出的辛酸、苦痛、矛盾、犹豫、决绝、激越，在以往的乐府诗中并不常见，在当时属于特异，也给后代诗人无论在内容还是形式上都留下了宝贵的诗歌经验。

末两句“方绝萦弦思，岂见绕梁日”，说萦弦之思已经断绝，哪里还会有绕梁以抒志的机会呢？前既有“江南声”“齐后瑟”，此处“萦弦”“绕梁”，出语贴切。才思如弦，萦而不申，得到机会自然能绕梁不绝，曲尽其妙，这是君子藏器以待时之意，然而知音难遇，况此衰疾之身，岂有待乎？诗人自嘲如萦弦，不过“徒忆”“空录”而已，根本没有施展的机会。总之还是壮志难申、怀才不遇之意。

这首诗简短精练，体现了诗人在诗歌结构上克服繁冗而趋向精炼的努力。全诗结构精密，两句一转，跌宕有致，前二句陈已身之衰病，三、四句叹知交之流落，五、六句凭空转折，悲才情之空负，末两句叹息终无得志之日。转折虽多，意绪不断，以“宿心不复归”总领，“悲绪终不一”承接，“徒忆”“空录”“方绝”“岂见”一气连成，往复熔铸，末句“岂见绕梁日”完足开端之“宿心不复归”，呼应得法，允为善章。

此外，鲍照诗歌中的永恒主题——对理想的不懈追求、对压抑现实的愤懑、对个人价值的高度重视，即使在这篇相对消沉的短诗中也相当明显。“其词若自贬责，其实乃自许也。”（刘履《选诗补注》卷七）鲍照是极其敏感而自负的，如“去来今何道，卑贱生所钟。但令塞上儿，知我独为雄”所言，他固然在功名上无所道，但毕竟在当时诗坛“独为雄”，他对自己“江南声”和“齐后瑟”才情的自信，即使“徒忆”“空录”也难以遮掩，也使得“岂见绕梁日”比起哀叹，更暗含一种孤傲的诘问，和《拟行路难》中“自古圣贤尽贫贱，何况我辈孤且直”实为异曲而同工。

（孔燕妮）

日落望江赠荀丞

原文

旅人乏愉乐，薄暮增思深。
日落岭云归，延颈望江阴。
乱流潨大壑①，长雾匝高林②。
林际无穷极，云边不可寻。
惟见独飞鸟，千里一扬音。
推其感物情，则知游子心。
君居帝京内，高会日挥金。
岂念慕群客，咨嗟恋景沉③。

注

① 潨(cóng)：小水汇入大水。
② 匝(zā)：环绕。
③ 咨嗟(zī jiē)：叹息；赞叹。

鉴赏

宋文帝元嘉二十八(451)、二十九(452)年间，鲍照客居广陵(今江苏扬州)、瓜步(在今江苏南京六合区)等地，处境困难，作此诗以赠其友尚书左丞荀赤松(见《文史》十六辑曹道衡《鲍照几篇诗文的写作时间》)，抒写去亲为客的孤独忧愁和对家乡旧友的思念，并表示希望得到旧友的帮助。这是诗人生活中期的作品。

前四句是第一段。“旅人乏愉乐,薄暮增思深”,以平稳的交代总起全诗。去亲为客、漂泊他乡的游子本少愉悦,今又值黄昏,感物伤怀,则更增其愁。这种情感,在鲍照以前诗人的诗文中已屡有所见,王粲《登楼赋》说:“兽狂顾以求群兮,鸟相鸣而举翼。原野阒其无人兮,征夫行而未息。心凄怆以感发兮,意忉怛而憯恻。”曹植《赠白马王彪》说:“原野何萧条,白日忽西匿。归鸟赴乔林,翩翩厉羽翼。孤兽走索群,衔草不遑食。感物伤我怀,抚心长叹息。”皆属此类。本诗这里暗用其意,重在点明由眼前日暮而引起的思乡和怀人的忧愁,行文极其自然。以下二句则正面写望乡,照应题目,“日落岭云归”,承接上文的“薄暮”,进一步补充说明忧思增深。白日西匿,在诗人眼中,不但有生命的鸟兽在归巢索群,甚至连无生命的云彩都在急急地回归山岭,感情又进了一层,更深切地引起了他漂泊孤独、无所归依的苦痛忧思。思乡怀人之情,至此乃跃然纸上。“延颈望江阴”,切题之“望”。“江阴”,江南,既交代了荀丞所在之地为江南,又暗示了自己辗转漂泊于江北。引颈而望,表现了对家乡和旧友的急切思念,是上文感情发展的必然结果。

中间八句是第二段,正面写望江所见和感受。“乱流灇大壑,长雾匝高林。林际无穷极,云边不可寻”,是望江所见的晚景:无数条水流正杂乱地向巨大的长江汇合聚拢,随着暮色的渐深，夜雾弥漫开来，环绕着两岸无边无际的高大林木，向天边绵延伸展，与落日余霞相接，浑然一体。数句写长江日暮景色，气象雄浑，同时又透出几分黯淡的色彩，和诗人当时的忧愁凄凉心境颇相融合，情在景中，耐人咀嚼。此后诗人继续写望江所见，由无生命的林木、云雾转到有生命的禽鸟，“惟见独飞鸟，千里一扬音”，日落云归，暮色苍茫，鸟兽皆已回归巢穴，可此时却仍有孤鸟独飞，怆然长鸣。这就自然地引起了诗人的浮想联翩。曹植《杂诗》之一说：“孤雁飞南游，过庭长哀吟。翘首慕远人，愿欲托遗音。”本诗二句暗用其意，孤鸟哀鸣，犹云游子的悲鸣，都是在“求其友声”(《诗·小雅·伐木》语)。这就自然过渡到下二句。“推其感物情，则知游子心。”诗人由孤鸟独飞，进而推想到和它命运类似的自己，从而表现出了对故乡的怀念和对旧友的无限思慕。

末四句是第三段，切题之“赠荀丞”。“君居帝京内”，转入赠友正题，交代荀丞及其所居地点乃京都建康。“高会日挥金”，写荀丞的优越处境：日日置酒高会，挥金如土。元嘉末，荀赤松在京任尚书左丞，是当时执政的徐湛之一派中的重要人物，《宋书·徐湛之传》载湛之豪奢，“伎乐之妙，冠绝一时”，“以肴膳、器服、车马相尚”，荀赤松的生活，恐怕亦复如此。结尾二句则承此而说，谓荀丞只顾自己享受，却不知道失群离居的故友，面对着江心即将沉没的一轮夕阳，正在长吁短叹呢！这二句感叹荀丞不能援手于自己,有希望得到朋友帮助之意;而态度则不卑不亢,显示了诗人人格的自尊。

此诗由日暮而引起的恋土怀乡发端,进而转到望江,又由望江的所见引至的怀乡慕友,过渡自然,层次清楚。结句"景沉",又照应开头的"薄暮",首尾呼应,形成整体和谐的美。

本诗暗用前人诗句而不露痕迹,含义深刻而不隐晦难读。采用比物象征手法,以独飞鸟拟孤独漂泊的游子,表现也很有形象感。此外,本诗遣词造句精炼警策,如"日落岭云归","乱流灇大壑,长雾匝高林"都是典型的例子,体现了作者深厚的艺术功力。王夫之《古诗评选》对此诗备极赞赏,言其"古今之间,别立一体,全以激昂风韵,自致胜地。……乃似剑埋土中,偶尔被发,清光直欲彻天",可供参考。

(丁福林)

赠傅都曹别

原文

轻鸿戏江潭，孤雁集洲沚[①]。
邂逅两相亲，缘念共无已。
风雨好东西，一隔顿万里。
追忆栖宿时，声容满心耳。
落日川渚寒，愁云绕天起。
短翮[②]不能翔，徘徊烟雾里。

注

① 沚(zhǐ)：水中的小洲。
② 翮(hé)：羽毛。亦用作鸟翼的代称。

鉴赏

鲍照是南朝刘宋时代卓有成就的诗人。后世尊之以为可与谢灵运齐名。但在当时，鲍照的诗名却远不及谢灵运。梁代钟嵘撰《诗品》，竟列鲍照于中品。原因很简单，谢灵运是当时世家望族，鲍照则出身寒门，终身屈居下僚。诗坛名气大小，每视其人出身高贵与寒微而异，这种风气自古已然，而六朝尤烈。到了近现代，特别是当代，人们对鲍照的评价才超过了谢灵运。然而从总的情况来看，对这位诗人的重视仍嫌不足。从我个人学习古典诗歌的体会来说，尽管谢诗功力深邃，修辞凝练，却总有王国维说的那种“隔”的毛病；而鲍照大部分的诗，读来都能亲切感人。关键在于：谢诗得力于辞赋，而鲍诗得力于乐府民歌。我们不妨总结一条经验，凡善于从乐府民歌汲取营养的诗人，其作品大抵能平易近人或亲切感人，这就是作家所运用的语言文字反转过来对其所表达的思想感情所起的作用。一位作家思想境界不高，感情不诚挚，这当然不行；然而在创作时如果缺乏清新流畅的语言和深入浅出的修辞本领，纵使有好的思想感情，也还是不能恰如其分地表达出来的。

杜甫在《春日忆李白》一诗中有两句名言：“清新庾开府，俊逸鲍参军。”从此“俊逸”的评语便成为鲍照的定论。其实杜诗的原意，是说李白的诗具有庾信的清新和鲍照的俊逸这样的特点，并非把鲍照的诗风只局限在“俊逸”这一个方面。事实上，鲍照的诗在“俊逸”之外，古人还用“峻健”“深秀”“雄浑”“沉挚”“奇警”“生峭”这些词语来评论他，清末的吴汝纶甚至还说他的诗“下开东野(孟郊)、山谷(黄庭坚)”，那就跟一般人的理解差得更远。可见六朝诗到鲍照手中，已经生面别开、蹊径独辟了。我以为，鲍照在我国诗歌史上的价值和影响，必须在读了大量唐诗之后才能真正体会得出。正如陶渊明的好处，唐以前的作家也是同样无法领略的。

《赠傅都曹别》是鲍照赠朋友诗中的代表作。由于通篇用“比”体，虽是一般古诗，却有着浓郁的乐府民歌气息。

自汉魏以来，在文人作家所写的古诗中，这一首还是很有创造性的。近人钱仲联先生《鲍照年表》于此诗未系年，今考其诗语多愁苦，有“孤雁集洲沚”“短翮不能翔”等句，疑是早年受临川王刘义庆召聘以前未仕时之作。傅都曹为何许人，不详。闻人倓《古诗笺》谓是傅亮，但亮与鲍照年辈迥不相及，前人早已认为其说不足信。故不取。

全诗十二句，每四句一节，凡三节。“轻鸿”四句写与傅都曹志趣相投，亲切订交。“风雨”四句，写两人分手惜别时情景。“落日”四句，设想别后离愁，并写自己看不到出路的苦闷。从结构看，并无什么大的起伏波澜，只是闲闲说起，怅怅结束。然而感情深挚，思绪万千，读来感到作者一腔孤愤，引人无限同情。这就是鲍照诗亲切感人的最佳体现。

全诗以“鸿”喻傅都曹，以“雁”自喻，此甚易知。但郑玄《毛诗笺》：“小曰雁，大曰鸿。”古人往往以鸿鹄并称而以凫雁对举，鸿鹄象征清高，凫雁则迹近微贱，可见此诗一开头便有扬傅而抑己的倾向，显得傅尊而己卑。而在“鸿”字上，诗人更着一“轻”字，“轻”自然有可能轩翥于高空；而在“雁”上却用了一个“孤”字，“孤”者，离群索居，寂寥无侣之谓。而“戏江潭”与“集洲沚”，一则高翔遨戏，一则独自幽栖，不仅动静不同，抑且有得意与失志之分。这两句看似客观描述，实已两相对照，说明彼此命运若云泥之悬殊。不过当二人无心邂逅，却又过从甚密，两两相亲。“邂逅”

句表面上似平铺直叙,实际上已隐含一层转折;而第四句“缘念共无已”则又深入一层。“缘”者缘分,“念”者思念,“无已”,无终尽之谓。夫缘分无终尽,思念亦无终尽,非但作者对傅“缘念无已”,即傅对作者亦复如是,此正所谓“共无已”。这两句本写双方交谊笃厚,情深意惬,却以极平淡之笔出之,仿佛毫不着力。这就叫举重若轻,好整以暇。

第二节第一句“风雨好东西”,颇费解。钱仲联先生《鲍参军集注增补》引张玉穀《古诗赏析》云:“言遭风雨而东西分飞也。”则“好”字无着落。钱增补云:“按,‘风雨’句‘好’字去声。语本于《尚书·洪范》:‘星有好风,星有好雨。’《伪孔传》:‘箕星好风,毕星好雨。’孔颖达《正义》:‘箕,东方木宿。毕,西方金宿。’”小如按:钱所引证皆是。“好”与“善”无论为形容词、名词或动词,皆属同义。如言“好谋善断”,即善谋善断也。《洪范》之意,盖言东方箕星善于引起刮风,西方毕星善于招来下雨。鲍照此句则近于倒装,言东方之星善风,西方之星善雨,风雨方向不一,则鸿与雁亦随之不得不分飞两地,故下文紧接“一隔顿万里”,“顿”者顿时、立即之谓。语近夸张,故情弥激切。且人在相聚时每当境不觉,及别后追思,则有不可骤得之感。所以作者此处乃把笔锋掉转,“追忆”二句盖设想别后回忆当初同在一处“栖宿”之时,(闻人倓《古诗笺》引《禽经》:“凡禽,林曰栖,水曰宿。”)则“心耳”之间充满了彼此的“声容”。这里流露别后互相思念之情已溢于言表,却全从侧面虚写,文势虽小有跌宕，仍不显得着力。而读者果反复咏叹，自会觉得一往情深。夫谢灵运写情，多从内心矛盾曲折处进行峭硬的刻画，不深思冥索不易体会；而鲍照则多以自然平淡出之，仿佛古人说的“有若无，实若虚”。但鲍诗写情多发自肺腑，稍加咀嚼，便回味无穷。此鲍与谢之大较也。

最后四句，乍看全是景语，实则句句抒情。“落日”本身就是孤寂的象征，因日落而川渚生寒，则孤寂中带出了凄凉萧瑟的苦味。“愁云”句明点“愁”字，而“愁云”竟多得“绕天起”，则愁之不得解脱可想而知。“短翮”句以雁之不能高翔远引喻己之窘迫局促，说明诗人的处境是多么使他苦恼。“徘徊”句乃找不到出路的最形象的描写。试想万里晴空，鸿雁高飞，该是多壮观的景象；而今却徘徊于烟雾迷茫之中，连读者吟咏至此，也会感到透不过气来，这真是悲剧性的场面了。夫好友远别，满腹心事再也无人可以倾诉，因赠别而自伤身世，从诗人构思的逻辑性来看，也是很自然的。全诗在戛然而止之中有着情韵不匮的余味，令人叹服。

（吴小如）

上浔阳还都道中作

原文

昨夜宿南陵，今旦入芦洲。
客行惜日月，崩波不可留。
侵星赴早路，毕景逐前俦①。
鳞鳞夕云起，猎猎晚风遒。
腾沙郁黄雾，翻浪扬白鸥。
登舻眺淮甸，掩泣望荆流。
绝目尽平原，时见远烟浮。
倏忽坐还合，俄思甚兼秋。
未尝违户庭，安能千里游？
谁令乏古节，贻此越乡忧？

注

① 俦(chóu)：同辈。

鉴赏

元嘉十六年(439)，鲍照被任命为临川王刘义庆的官属，刘义庆的府署在江州，诗题的“上浔阳”即到江州为官。“还都”，即回京都建康。此诗题的意思大概是：到官之后因事返回京都，途中写下了这首诗。上浔阳是作者初次出仕，诗中流露的情绪皆与此有关。

前六句纪程，见出诗人的归心似箭。“南陵”，南陵戍，在今安徽繁昌西北江边。“芦洲”，或非地名，泛指遍生芦荻的沙洲，自然在南陵戍之下。“昨夜宿南陵，今旦入芦洲”，地点的迅速改变，正见出船速之快。“客行惜日月，崩波不可留。”“惜日月”即惜时，有争分夺秒之意。“崩波”，奔腾的波涛。江波一泻万里，客船随流而去，均是“不可留”。“侵星赴早路，毕景逐前俦。”“侵星”“毕景”意为起早歇晚，他就是这样赶路，追逐着前行者，唯恐落后。

次十句写景和眺望，见出诗人畏途思返、怀念乡国等感触。“鳞鳞夕云起，猎猎晚风遒。腾沙郁黄雾，翻浪扬白鸥。”这四句描写暮景，风起云涌，沙腾浪翻，很是真切。这与前言“崩波”相应，见出风涛险恶之状。这时也正是晚泊的时候了，一天的旅行又结束了，面对此景心情该是怎样呢？上浔阳时他在《登大雷岸与妹书》中写道：“栈石星饭，结荷水宿，旅客贫辛，波路壮阔，……去亲为客，如何如何！”此时当有同样的感触吧？“登舻眺淮甸，掩泣望荆流。绝目尽平原，时见远烟浮。”这四句是写登眺。“舻”指船。“荆流”指长江，“淮甸”即指繁昌下一带地方，东晋曾于当涂设置淮阳侨郡。这里所写情绪就表现得很明显了，“掩泣”，面对如此畏途他感到多么悲伤，真有点近乎途穷之哭了。“眺”“望”“绝目”“时见”，句句有望，可见他的心情是多么不平静，“绝目尽平原，时见远烟浮”，可以想见其望眼欲穿的情状，真是“望故乡渺邈，归思难收”啊。“倏忽坐还合,俄思甚兼秋。”“倏忽”“俄思”意同,一会儿(思,助词)。这两句承接远眺,是说一会儿烟云就聚合了(《还都口号》有“阴沉烟塞合”),暮霭沉沉,晚风送来阵阵凉意,比秋天还凉(略同王维《山居秋暝》“天气晚来秋”)。这两句写对暮色、夜气的感觉很细腻,同时也传出了作者的孤独感、冷落感。

后四句是感慨。“未尝违户庭,安能千里游?”这两句说,过去从来没有离开过家,怎么能到千里之外去谋仕呢?“谁令乏古节,贻此越乡忧?”“古节”,指古人慎于出处的操守。“越乡”,离乡。方回说:“此诗尾句绝佳。守古人之节,不轻出仕,则焉得有越乡之忧乎?”(黄节《鲍参军诗注》引)结束的地方是两个问句,表达了作者对出仕深自反悔的心情。这里有种种感慨,未能尽说,也不必尽说,只是对自己的责备,怨自己自讨苦吃。通过这自责,我们可以体会出他的千言万语来,这大概就是方回说的“绝佳”之处。

何焯谓此诗“字字清新句句奇”(方东树《昭昧詹言》引)。此诗的语言确是清畅,没有什么生僻字,也基本上未用典故,顺序写来,读着明白、顺惬。所写景物也很新鲜,切合江行的实际,叙述中、描写中,颇富情思。这与谢灵运那些典丽精工的山水行旅之作,是很不一样的。此诗写初仕还都情形,仿佛少不更事的游子第一次尝受了别亲远游的滋味,第一次领略了旅途同时也是仕途的艰辛,他的归心似箭,他的望眼欲穿,他的伤悲,他的痛悔,都交并在一

起，显得如此真切而感人，不禁令人想起辛弃疾的两句词来："江头未是风波恶，别有人间行路难！"（《鹧鸪天·送人》）

（汤华泉）

行京口至竹里

原文

高柯[1]危且竦，锋石横复仄。
复涧隐松声，重崖伏云色。
冰闭寒方壮，风动鸟倾翼。
斯志逢凋严，孤游值曛逼[2]。
兼途无憩鞍，半菽[3]不遑食。
君子树令名，细人效命力。
不见长河水，清浊俱不息。

注

① 柯（kē）：草木的枝茎。
② 曛（xūn）：暮；昏暗。
③ 半菽（shū）：搀入一半豆、菜等的饭食。形容生活艰苦。

鉴赏

此诗的写作年代，钱仲联先生增补《鲍参军集注》，以为当在宋文帝元嘉十七年（440）初冬，时临川王刘义庆由江州移镇南兖州（治所广陵，在今扬州市西北），鲍照作为刘义庆的国侍郎，与之同行。京口，今江苏镇江市，是从都城建康（今南京市）去广陵的必经之地。“行京口”犹言往京口。竹里，即竹里山，在江苏句容市境内，山势陡峭，又名

“翻车岘”。

鲍照是一个性格和人生欲望都非常强烈的人，追求富贵荣华、及时享乐、建功立业，这些他从不讳言。虽然作为一个贫寒之士，在士族垄断政治权力的南朝，很难取得较大的社会成功，他也毫不退却，不肯拿老庄委曲求全的道理、隐士清高出世的姿态来欺骗自己，一味想凭自己的才华去求取个人价值的实现。当他的努力受到社会的压制、世俗偏见的阻碍时，心灵中就激起冲腾不息的波澜。因而他的诗，很少有平稳的、松缓的、清淡的表现，总是紧张而富于力度，带有某种刺激性。一般对他的那些色泽浓郁、节奏奔放的乐府歌行评价较高，认为他的五言古诗主要还是追踪谢灵运，这种看法并不符合事实。就拿写景来说，鲍照就不太喜欢幽深平静的景象，而喜欢写飞动的、奇峭的、不平衡的事物，用语也常常有些怪特。这些反映了他容易激动的心理状况。

当元嘉十七年前后，鲍照在刘义庆门下做一个起码的小官，却得跟随着王府离乡背井、东奔西走。来至竹里，正当寒风料峭之时，又履艰难险阻之地，人生不得已的郁闷，又袭至心头。作此纪行诗，便是一种宣泄。

起笔写景，毫无关于旅程的一般交代，避免松缓不着力。所写景物，又是尖锐强硬的，扑面就是一股逼人的气息。“柯”，树枝。写树不从全体着眼，单写树枝，因为冬日无叶，只见干枯的枝丫斜斜上指，更能显出“危且竦”的味道。“竦”似乎是有意的努力地向上伸展，这就使静物有了动感。鲁迅《秋夜》写他后园的枣树的树枝，“默默地铁似的直刺着奇怪而高的天空”，与此相似。而后写山石。这石是刀刃一般尖锐的“峰石”，而且或横或斜（仄、斜），相倚相积，像是要割碎一切从它上面经过的东西，令人感觉得不安。萧子显说鲍诗“发唱惊挺，操调险急”，不仅适宜于《拟行路难》“对案不能食，拔剑击柱长叹息”那样的句子，也适宜于这种写景的开头。

接着二句是远处的景物。山涧是一层又一层，从那目光所不及的远处山涧中，隐隐传来松涛的声音；山崖是一重又一重，在那不易辨认的远处山崖上，似乎积聚着好些阴云。松涛是危险的吗？阴云是可畏的吗？当然不是。但“隐”和“伏”两个动词，却是把它们写成了有意匿伏，似乎有所等待、有所窥伺的东西。也许，在鲍照心里，总觉得外界有什么不可知的力量随时在威胁着自己，才这样写。

在寒冷的天气中，他也感到了外在力量的压迫。什么地方结冰了，但他不说“结”，不说“凝”，也不说“合”，却用了一个力量很强的“闭”字，好像冰要把这个世界给封闭起来。而形容四周的寒意，他也不用常见的“深”字或者“浓”字，又用了一个力量很强的“壮”字。说冰“闭”寒“壮”，是奇特的修辞，所以格外警醒。那么，有什么东西是逍遥自在的呢？看来是没有。连通常在诗歌里作为自由的象征来写的鸟儿，也被烈风吹得双翼倾斜，令人担心它们会从天上掉下来。

这六句写景，描绘出一个不安宁的、充满冲突的、为某一种强大的力量所压迫、钳制着的世界。无论从诗本身来看，还是从其他资料来看，当时似乎并没有发生什么特别的事件。这样的描写，只是表现着诗人对他所生活的世界的总体感受。那么，前面我们说到的鲍照对不合理社会的反抗意识又表现在哪里呢？其实不用另外去找，当他以如此警觉的眼光去看待世界，如此敏感地体会到外部力量的压迫，如此不安宁地描摹自然的时候，不就是反映了很强的反抗意识吗？通常，一个缺乏自由意志的人，总是很迟钝的。

以下转写自身。“斯志”，大约是说自己的志向吧。当初他在刘义庆门下，未受任用，便向刘义庆献诗，以显露才学。有人说他身份太低，不该随意惊扰大王，他勃然大怒道：“千载上有英才异士沉没而无闻者，安可数哉！大丈夫岂可遂蕴智能，使兰艾不辨，终日碌碌，与燕雀相随乎？”然而献诗的结果，也就是得了一个不起眼的侍郎。“逢凋严”，字面上说的是天气，又哪里只是说天气？从王府赴任，应该是车马盛众，然而他却说是“孤游”。这是因为，没有人理解自己，没有人赏识自己，人马再多，也只觉得空空漠漠，甚至会因此更觉得孤独。“孤游值曛逼”，也是一个奇特的句子。“曛”是黄昏暮色，这暮色正向人逼来，给人强大的压迫感。这是说年华易逝，见日暮而自伤，还是叹息空怀壮志,不能为世所容?总之,这“逼”也是一种自我与外界的对抗状况。

而后二句才是行途生活的纪实。“兼途”犹言“兼程”,赶得很急,少有下鞍憩息的机会。“半菽”,语出《汉书·项籍传》“卒食半菽”。原意是指军中缺粮,士兵吃的是蔬菜与豆类(菽,豆类)各半相杂煮成的食物,这里指自己的生活待遇差。他在王府中地位很低,说“半菽”固是用典夸张,但实际的情况也不会好到哪里去。

从这里引出归结的四句。行途如此艰辛,生活如此寒苦,虽以“英才异士”自评,却沉沦下僚,终无出头之日,该怎么对待呢?当年冯谖在孟尝君门下,弹剑而歌:“长铗归来乎,食无鱼!”及至有鱼,又唱“出无车”“居无家”。那么,鲍照也该一怒而去了?甚至更有气派一点,像左思那样,宣称自己要抛弃这肮脏的俗世,“高步追许由”?但他是不肯的。官虽然小,也是一个晋身的台阶。装腔作势说大话,更不是他的性格。他只是说:君子为树立好名声而操劳,小人因被人驱使而奔波,就像大河里的水,清也好,浊也好,不都是在奔流不息?这里面当然有很多牢骚,有怀才不遇的愤慨,但最能体现鲍照个性的,却是那种百折不回、死心塌地要走到底的人生精神。就像他在《飞蛾赋》中说的:“本轻生以邀得,虽糜烂而何伤?”

通过这首诗,我们可以看到鲍照的创作,确实有许多前人所未有的独创之处。在他的笔下,外部世界蒙上了更为强烈的主观情绪色彩，成为一个活跃的、与诗人的心理具有共同节律的世界。物的线条、色彩、动感，都有很丰富的表现力，能够给人以强烈的感染。他的诗歌语言，也特别警醒，带有刺激性，能够造成震荡人心的美感。这些都给后代诗歌的发展留下了深刻的影响。

（骆玉明）

白　云

原文

探灵喜解骨，测化善腾天。
情高不恋俗，厌世乐寻仙。
炼金宿明馆，屑玉止瑶渊。
凤歌出林阙，龙驾戾蓬山。
凌崖采三露，攀鸿戏五烟。
昭昭景临霞，汤汤风媚泉。
命娥双月际，要①嫒两星间。
飞虹眺卷河，泛雾弄轻弦。
笛声谢广宾，神道不复传。
一逐白云去，千龄犹未旋。

注

① 要：邀约。

鉴赏

南朝鲍照出身寒门而志高才美，他一生辗转于王侯幕府做幕僚，虽也曾有过才华展露、志满意足的时刻，但更多的是小心翼翼、压力重重的岁月。这首以“白云”为题的五言古诗，便寄托了他如白云一般追求高洁的情志和厌弃尘俗的理想。作者深受魏晋南北朝时期盛行的道家思想和游仙诗歌的影响，在此诗中他追随白云游览仙境，以想象缔造了一个充满美景、灵兽、仙人的神秘浪漫的世界。

开头四句以神话传说写出了作者脱离凡尘俗世、升腾白云之巅的渴望，将人引入到神秘超脱的境界。“解骨”“腾天”有两种解释，一种是人形骸销解、升天成仙，《史记·封禅书》记载“宋毋忌、正伯侨、充尚、羡门高最后皆为燕人，为方仙道，形解销化，依於鬼神之事”，讲述的是战国时期燕齐一带的方士修习“方仙道”而形体销化、得道成仙的故事；另一种是龙脱皮解骨、腾天入云，《周易·乾》中言“云从龙，风从虎”记载了云与龙的同气相求，因此诗由写云自然而然便写到了龙，相传龙会经历脱皮脱骨的过程。无论神仙还是神龙，都情志高洁、厌弃尘俗，追求高远与永恒。因此接下的“情高”二句，作者直抒胸臆，一方面写“不恋俗”“厌世”，表达想要脱离世俗，一方面写“情高”“乐寻仙”，表达想要寻找仙境，这两句可谓此诗的灵魂，表明了作者的思想态度，道出了游仙的深层原因。这种开篇就鲜明表达自己厌弃世俗的写法在魏晋南北朝诗文中较为常见，比如东晋陶渊明《归园田居·其一》开篇即言“少无适俗韵，性本爱丘山”，陶渊明的“无适俗”和鲍照的“不恋俗”类似，但远离尘俗后，二人选择的向往之地却有所不同，陶渊明选择了田园，鲍照则借仙游的想象寻找精神的归宿。

“炼金宿明馆”六句紧承上文的“乐寻仙”，作者描写想象中的腾云升仙之后炼丹采药、无忧无虑的仙境生活。

“明馆”“瑶渊”指代仙人的明亮美好的住所，仙人们在明亮的馆阁和美好的胜境炼制金丹、服食玉屑，以求长生不老。介绍完居所生活，紧接着“凤歌”两句又描绘了出行场景，仙人游历于“林阙”与“蓬山”，那茂盛的树林、缥缈的仙山，代表了自然美好的仙境。更兼仙人出行并非孑然一身，而是驾驭神龙驰骋飞腾，耳畔时时响起鸾凤的清亮歌声，总之相伴左右的皆为灵兽而无俗人。接下来的“凌崖”两句继续描述仙人出行目的——采药与游戏。仙人凌越悬崖峭壁采集三色露珠，“三露”传说是玄、黄、青色的露水，是具有道家色彩的神奇之物。传说汉武帝曾将采集而来的三露赐予群臣，而品尝露珠的人，老人变成少年，病人得以康健。(《太平御览》卷一二《洞冥记》)。仙人还攀坐在飞鸿的脊背，与祥瑞的五色云霞追逐嬉戏，好不恣意快活！这部分描绘了诸多鸣凤的声音、飞龙的动感、自然的美景、神异的药材等与俗世大相径庭的事物，“出”“驾”“凌”“攀”等迅捷的动词传递出一种超脱感与驾驭感，似乎仙人在天地之间可随心所欲地驾驭一切而不被束缚，作者通过声音、动作和景象烘托出了一个遗世独立、自由自在的精神境界。

“昭昭景临霞”六句写与仙女为伴，共游仙境。首先以比兴手法，描绘了仙女的出场背景，“昭昭”指明亮的样子，“汤汤”指流转的样子。云霞明亮，清风流转，泉水清媚，如此美景需有美丽的仙女共赏才更富韵致，于是仙人邀请了嫦娥、仙女们共同游赏这月色星光。身处月亮与星星之间，乘着虹霓，泛着云雾，眺望着曲折的银河，抚奏轻雅的琴弦，多么令人轻快愉悦！全诗至此第一次出现人物形象，仙女代表了仙境中的美丽、温馨、脱俗的人物，与追名逐利、勾心斗角的世俗之人形成了鲜明对比。

最后四句表明自己一心一意追逐白云、寻求仙道的决心。在悠扬的笛声中，仙人以超然的姿态辞别人世间的亲朋宾客，他驾着白云飘然远去，飞向了长生、自由、美好的仙境，纵使人间过往千年在仙家眼中也不过是倏忽之间，结尾给人以决然辞行、睥睨世俗之感。

本诗以白云为题，表达了鲍照愤慨时世、厌弃时俗的思想，他借神游仙境表达对政治束缚的反抗和身心自由的向往。“白云”畅游在浩瀚天空，贞白无暇又自由自在，成为中国传统文化中承载道家或道教隐逸求仙思想的独特意象。《庄子·天地》记载“千岁厌世，去而上仙，乘彼白云，至于帝乡”；魏晋南北朝是道家思想盛行的时期，除了鲍照《白云》诗，道学家、医药学家陶弘景也以白云寄意，“山中何所有？岭上多白云”；唐代诗仙李白学习鲍照诗文，也曾写过《白云歌送刘十六归山》，以白云寄托隐逸脱俗之意，直至当代很多道观仍名为“白云观”，可见“白云”意蕴流传之深远。鲍照这首《白云》诗继承并发扬了先秦道家文化中白云意象的隐逸与求仙传统，并进一步影响了后世李白等人的诗歌创作，具有重要的文学与文化意义。从形式上看，全诗共二十句，两两一组，整篇对仗，偶句押韵且一韵到底。语言精巧、音韵和谐、结构整齐，对唐代以降排律的形成也具有启发与促进作用。

（李　佳）

数 诗

原文

一身仕关西[1]，家族满山东[2]。
二年从车驾[3]，斋祭甘泉宫。
三朝[4]国庆毕，休沐[5]还旧邦。
四牡曜[6]长路，轻盖若飞鸿。
五侯相饯送，高会集新丰。
六乐陈广坐，组帐扬春风。
七盘[7]起长袖，庭下列歌钟。
八珍[8]盈雕俎[9]，绮肴纷错重。
九族共瞻迟，宾友仰徽容。
十载学无就，善宦一朝通。

注

① 关西：指函谷关以西的地方。
② 山东：指崤山、函谷关以东的地区。
③ 车驾：指天子乘车而行。
④ 三朝：农历正月初一。正月初一为一岁的年、月、日的开始，故称。
⑤ 休沐：休息洗沐，指休假。
⑥ 曜(yào)：照耀。
⑦ 七盘：古代一种舞蹈的名字。在地上排盘七个，舞者穿长袖舞衣，绕盘周围或在盘上跳舞。
⑧ 八珍：最早见于《周礼·天官·膳夫》记载的“珍用八物”，东汉郑玄注明这八物分别为淳熬、淳母、炮豚、炮牂、捣珍、渍、熬和肝膋。自

此之后，各个时代、各个地域的八珍具体所指不尽相同，泛指以珍稀的食材或繁复的烹饪方法制作而成的美味又珍贵的食物。

⑨ 俎(zǔ)：古代祭祀、设宴时用以载牲的礼器。青铜制，亦有木制漆饰的。

鉴赏

数诗是由一组数字按一定规律嵌入诗句而成的诗歌，流传比较广泛的如宋代邵雍《山村咏怀》："一去二三里，烟村四五家，亭台六七座，八九十枝花"，这首绝句将一至十的十个数字依次嵌入诗中，殊为别致，可称为"十数诗"。中国最早出现的"十数诗"极有可能是南朝宋鲍照的《数诗》，宋代范仲淹曾评论鲍照《数诗》"独无以此为戏者"(《对床夜语》卷一)，即使博览群书的范仲淹所见到的数诗也只有鲍照这一首，说明直至北宋，数诗还很稀少。宋代以后，游戏诗文之风渐渐盛行，许多诗人写有俳谐之作，数诗也随之渐多，如宋代欧阳修《数诗》(一室曾何埽)、清代郑板桥《咏雪》(一片两片三四片)等，可见鲍照数诗的开创之功。

全诗二十句，奇数句的第一个字皆为数字，从一到十鱼贯而下，故此称为"数诗"，体现了浓郁的文字游戏趣味。此诗可分为两大部分，前十八句为第一部分，以戏谑的笔法，精细描写了官运亨通之人的家族势力、仕途际遇，以及奢华集会、亲友倾慕的场景。最后两句为第二部分，议论结尾，卒章显志，意在表明官场之中苦学无用，而善于经营做官之道便可迅速显达，言辞之中流露出作者的揶揄与无奈！

前六句写官吏投身仕途而平步青云，以极快的速度攀到了职位高峰。作者将主人公的求官背景设置在秦汉时期，彼时以长安为核心的函谷关以西地区即“关西”一带是国家的政治中心，因此开篇“一身仕关西”两句，点明主人公开始踏入仕途便直接进入政治中心，接近帝王身侧，更兼其家族煊赫，可为主人公行走仕途提供强有力支持，这一句中“满”字用得极妙，凸显了主人公家族的兴盛庞大。“二年”两句正面描写主人公在进入官场的第二年便陪伴帝王左右，参与甘泉宫斋戒祭祀等国家重要活动，说明此时主人公已经深得君心而身居高位。“三朝”两句讲述主人公在农历正月初一陪同帝王参加完万邦朝贡的国家庆典之后，便计划休假还乡。

“四牡”四句描写主人公因休假回乡，从出走王宫到新丰集会的路途上的情景。“四牡”指由四匹雄马驾驭的马车。在古代中国，车主身份不同，出行车驾马匹的数量也不相同，以此区别车主的身份等级。《王度记》记载了周朝的舆马制度：“天子驾六，诸侯驾五，卿驾四，大夫三，士二，庶人一”，秦汉时期基本沿用这一礼制。诗歌中主人公能够乘坐由四匹马驾驭的马车，说明其职位已至卿相，极为尊贵。“四牡”两句描绘了主人公乘坐着由四匹威风凛凛的骏马驾驭的华丽马车，在长长的街道上驰骋，光耀夺目又迅疾如飞。“五侯”两句是说众王侯贵卿知道主人公要休假回乡,意欲举行盛大的宴饮集会,为他践行。这部分“曜”“飞”两字用得极好,曜意为光耀,形象说明了主人公的车驾在街道上熠熠生辉、引人瞩目的样子;“飞”字突出了马车行驶的速度之快。乘坐“四牡”“轻盖”的马车,参加“五侯”“新丰”宴会,主人公身边的人与物烘托出他非同一般的显贵身份。

“六乐”六句描绘了饯别宴会上,音乐、舞蹈、佳肴交错杂陈的热闹场景。“六乐”两句描绘了郊外为饯别而设的帷帐里,高朋满座、乐声悠扬,美好的氛围令人如沐春风。“七盘”两句写舞台上,美丽的舞女围绕晶莹的圆盘,挥舞着长长的水袖,顾盼生辉、摇曳多姿;而舞台下,钟磬的乐声伴随着悠扬的歌声在帷帐内袅袅回荡。如此盛大的饯别宴会歌舞具备,又怎能缺少珍馐美味?接下来“八珍”两句便描绘了精美丰盛的酒食——精雕细琢的食器中盛满各色美味,杯盘杂陈、摆满桌面。总而言之,这歌舞佳肴云集的宴会场景,并非普通百姓或平常人家所能享有,再一次突出了主人公的奢华生活与高贵身份。

“九族”一句描写了众人对主人公的倾慕,侧面烘托出主人公位极人臣的身份和众人追逐富贵的世态。九族朋友都争相来观看身居高位的主人公,仰慕他美好的仪容风范。“迟”字写出了人们争先恐后想见主人公的急切心理,“仰”字则突出了人们观看高官时的仰慕态度。清代叶矫然《龙性堂诗话初集》曾将这两句与左思诗句“买臣困樵采，伉俪不安宅”相对照，认为“世情的的，如此怕人”，也让人想到“范进中举”前后众人前倨后恭的态度变化，可见世人对官位的痴迷。

最后一句，陡然翻转，总结全篇。善于为官的人啊，仕途顺达便可一步登天而身居高位，而那些仕途多舛的人啊，即使十年八载含辛茹苦，还是默默无闻，未能升迁。结合作者自身一生辗转奔波、寄人篱下的幕僚经历，揶揄之中又透出些许感慨、无奈与不甘！

（李　佳）

赠故人马子乔六首(其二)

原文

寒灰灭更燃，夕华晨更鲜①。
春冰虽暂解，冬水复还坚。
佳人舍我去②，赏爱长绝弦③。
欢至不留日，感物辄伤年④。

注

① 夕华：晚开之花。华通花。
② 佳人：指故人马子乔。
③ 绝弦：用俞伯牙和钟子期的典故。俞伯牙抚琴，只有钟子期能听出他琴中之意。子期亡后，伯牙认为世上再无知音，于是破琴绝弦，终身不再弹琴。典出《吕氏春秋·本味》。曹丕《与吴质书》："昔伯牙绝弦于钟期，仲尼覆醢于子路；痛知音之难遇，伤门人之莫逮。"
④ 感物：见物兴感。

鉴赏

鲍照这组写给友人的诗共有六首，各自成篇，风格真率，有汉诗朴素自然的风味，但意象选取和篇章词句都体现出相当高的艺术技巧，也间或透露出鲍照重词藻、重色彩、多悲感、多慨叹的诗歌特点。

"寒灰灭更燃"是第二首。前四句用比兴，熄灭的寒灰重新燃起，昨夜凋萎的花朵早上重新盛放，春天的冰虽然暂时溶解,但到了冬日必然重新冻结坚硬。“寒灰”“夕华”“春冰”“冬水”,在意象选择上偏萧飒凄寒,但又隐含郁勃之气,这是鲍照一贯的特色。寒灰、夕华,都是不断衰败又重生之物,挑选这两个意象起兴,对于全篇有一阵振起的作用,为下文留下相当充足的余地。三、四句细解,以顺承论,春冰虽然溶解,冬天重新冻结,和寒灰、夕华一样都是循环往复之物;以逆折论,春暖冰融只是暂时,寒冷固结才是水的常态,比喻人生只能短时得到安慰,到头来总要归于压抑悲凄——从春到冬,也就是从生到死。前四句在意象上是同调的,在语句上是流畅的,但在意脉上却有明显的转折变化,表顺承而实逆折,是对比而非类推。这种写法在鲍照诗中常常出现,比如《拟行路难》其五:“君不见河边草,冬时枯死春满道。君不见城上日,今暝没尽去,明朝复更出。今我何时当得然,一去永灭入黄泉。人生苦多欢乐少,意气敷腴在盛年。”这种对比的结构更加鲜明。“君不见河边草,冬时枯死春满道”即“夕华晨更鲜”,“君不见城上日,今暝没尽去,明朝复更出”即“寒灰灭更燃”,“今我何时当得然,一去永灭入黄泉”即“春冰虽暂解,冬水复还坚”,但前者直陈人生的短暂,后者比喻象征生命终将归于固结。“人生苦多欢乐少,意气敷腴在盛年”即下文的“欢至不留日,感物辄伤年”。

后四句用赋体。故人离我而去,再无人欣赏喜爱,只得如俞伯牙弃琴绝弦,欢乐的日子总不长久,触目之物无不激起对时光流逝的伤感。虽然“暂解”,然而“还坚”,虽有“佳人”,终究“绝弦”。欢乐短暂,是以触目所及,无论寒灰、夕华、春冰、冬水,皆令人伤感。感叹人生短暂,欢乐少而苦痛多,是在《古诗》十九首中就已反复吟咏的主题,“人生天地间,忽如远行客”“生年不满百,常怀千岁忧”等等。但后来的诗人,例如鲍照,表达得更为彻底,也更为痛切。寒灰、夕华、春冰、冬水,这些意象本就是对人生凄凉的一种敏感体味。相较“燃”“鲜”,“寒”“夕”更令人触目惊心。春冰是脆薄危险之物,“心之忧危,若蹈虎尾,涉于春冰”(《尚书·周书·君牙》),而冬水坚冰更能给人带来压抑和困窘。鲍照诗文中常常出现“寒冰”“冻谷”这样阴沉险迫、压抑局促的意境,有极强的象征色彩,如《舞鹤赋》中“冰塞长河,雪满群山”,象征着诗人内心无时不在的迷惘、伤痛和悲哀,李白的“欲渡黄河冰塞川,将登太行雪满山”(《行路难》其一)就承继了这种情感表达方式。

穷阴杀节,急景凋年,欢乐短暂,痛苦和死亡才是永恒,在人生的坚冰中,应当如何排遣这种苦痛哀愁?古代诗人一般有三条出路,一者建功立业,二者及时享乐,三者投身于亲情友情等情感的慰藉。鲍照也不例外。他建功立业的欲望非常强烈,年轻的时候就有“大丈夫岂可遂蕴智能,使兰艾不辨,终日碌碌,与燕雀相随乎?”的志向,不愿成为“英才异士沉没而不闻者”(《南史·鲍照传》),但门阀制度下他这样的寒士始终难以出头,又加以政局险恶,最后使他终于到了“吞声踯躅不敢言”“存亡贵贱付皇天”的地步。他诗文中也常有及时享乐的句子，“但愿樽中九酝满，莫惜床头百个钱”（《拟行路难》其十八）。但鲍照毕竟不是曹植这样能在享乐中感受生命美好、发抒恣肆豪情的王室贵胄，他所谓的及时享乐不过是自诮与消沉，他的慰藉更多来自亲情、爱情、友情等。“朝出与亲辞，暮还在亲侧。弄儿床前戏，看妇机中织。”（《拟行路难》其六）刻画了动人的亲情和家庭生活，《登大雷岸与妹书》是家书中的千古名篇，“慊款论久别，相将还绮闱。历历檐下凉，胧胧帐里辉。刈兰争芬芳，采菊竞葳蕤。开奁夺香苏，探袖解缨徽”（《梦归乡》），更是直接描述夫妻恩爱，这都是古代诗人少有的。鲍照思觉敏锐，情感丰富而激烈，友情同样是他寄托情感的重要来源，“佳人舍我去，赏爱长绝弦”即《古诗》十九首中“不惜歌者苦，但伤知音稀”之意，友情是人生至乐之一，知音的赏爱就如同钟子期之于俞伯牙，是人生价值的重要尺度。赏爱既绝，何谈欢乐？

鲍照的友情诗写得都比较真挚动人，如《赠傅都曹别》：“追忆栖宿时，声容满心耳。”富有细节实感。《赠故人马子乔》的其他几首也都各有特点，从不同角度抒发了对故人的思念与眷恋，特别是第六首：“双剑将离别，先在匣中鸣。烟雨交将夕，从此忽分形。雌沉吴江里，雄飞入楚城。吴江深无底，楚阙有崇扃。一为天地别，岂直限幽明。神物终不隔，千祀傥还并。”把自己和朋友比作一双神剑，暂时分离但终将相逢，写得俊迈森勃，气调铿然，充满奇幻色彩。李白的《古风》其十六“宝剑双蛟龙，雪花照芙蓉”即拟此而作。

（孔燕妮）

山行见孤桐

原文

桐生从石里，根孤地寒阴。
上倚崩峰势①，下带洞阿深②。
奔泉冬激射，雾雨夏霖淫③。
未霜叶已肃④，不风条自吟⑤。
昏明积苦思⑥，昼夜叫哀禽⑦。
弃妾望掩泪，逐臣对抚心。
虽以慰单危⑧，悲凉不可任⑨。
幸愿见雕斫⑩，为君堂上琴。

注

① 崩峰：此指山峰陡峭欲崩。
② 带：临。洞阿：山涧。
③ 霖淫：久下不停的雨。淫通霪。
④ 肃：衰败，萎缩。
⑤ 条：树枝。吟：指风吹枝条发出的声音。
⑥ 昏明：黑夜和白昼。积：郁积。
⑦ 叫：飞禽鸣叫。
⑧ 单危：孤独不安。
⑨ 任：堪，忍受。
⑩ 雕斫（zhuó）：雕琢，镂刻。斫，砍，削。此指斫琴。

鉴赏

鲍照个性特出，激情充沛，一心出人头地而难以适志，"才秀人微"（钟嵘《诗品》），是以诗中常怀坎坷不平之气。不得志是寒门子弟在门阀制度下的普遍遭遇，所谓物不平则鸣，鲍照诗歌的一大主题就是咏叹人世的不平与艰辛，在悲叹中迸射难以遏止的激情与理想，这首《山行见孤桐》就是这样一首鲜明的托物咏怀诗，借孤桐自喻寒士之苦，渴望被人赏识。

桐，质轻音和，是古代制琴的取料，《诗经·鄘风·定之方中》："椅桐梓漆，爰伐琴瑟。"谢惠连《琴赞》："峄阳孤桐，裁为鸣琴。"陶潜《闲情赋》："愿在木而为桐，作膝上之鸣琴。"琴是古代贵族阶级的必备之物，因此桐也具备了可为君子赏识、重视的资格。桐而称孤桐，一指其特立孤出，不与杂树为偶；二喻其孤独势弱，常蔽于险峻而不得为用。本诗着重强调了第二点："桐生丛石里，根孤地寒阴。"首句已点明桐树所处环境之恶劣。不生沃土而生乱石丛中，根须孤弱而石地阴寒，考其"门第"，何其孤寒？孤寒之出身尚且不足，更加以生存环境之险峻恶劣。"上倚崩峰势，下带洞阿深。"往上，是陡峭欲崩的悬崖峭岸；往下，是深不见底的山涧，可谓处处惊心，临渊履冰。"奔泉冬激射，雾雨夏霖淫。"冬天，孤桐遭受泉水无情的激射冲刷；夏日，又是迷雾苦雨连绵不绝。"上倚崩峰势，下带洞阿深。"从上到下，是空间上无所不在的挤压；“奔泉冬激射，雾雨夏霖淫。”从冬到夏，是时间上无穷无尽的摧残。四句全面地展现了孤桐所处环境的险恶。

鲍照处于刘宋乱世，生平坎坷，蹭蹬不得志，最后更死于非命，孤桐怵目惊心的生存环境实是他自己的生存写照。如此险峻的生存环境，自然造成孤桐的衰飒与憔悴。“未霜叶已肃，不风条自吟。”秋霜未降，桐叶已抵受不住摧残而衰败残破，秋风未起，枯枝已发出阵阵萧飒的哀鸣。吟指风吹枝条而发声，也双关诗人之“吟”。接下来的两句，“昏明积苦思，昼夜叫哀禽。”从早到晚，无论昼夜，愁思本已煎熬郁积，更哪堪野鸟时时飞来，哀鸣阵阵。梧桐本是引凤之木，“桐实嘉木，凤凰所栖。爰伐琴瑟，八音克谐”（郭璞《梧桐赞》）。然而孤桐无凤可引，无琴可斫，没有凤鸣，更无琴音，只有野鸟哀啼，动魄惊心。应有的命运和实际的命运相对比，更让人叹息不公。

“弃妾望掩泪，逐臣对抚心。”被遗弃的妇人看见孤桐不禁掩面哭泣，被放逐的臣子对着孤桐也难免抚心叹息。从苦思到掩泪、抚心，从哀禽到弃妾、逐臣，层层烘托，对孤桐的描写进一步形象化、具体化。“虽以慰单危，悲凉不可任。”弃妾逐臣的同情共感，虽然能使孤桐的孤单压抑得到一点安慰，但这样的悲凉凄楚，实在已经无法忍受。“幸愿见雕斫，为君堂上琴。”希望能被雕斫成琴，成为君子堂上之物，发出畅亮的乐音。诗人借孤桐自喻，哀叹自己出身孤寒而备受欺凌的凄苦，最后表达自己希望得到当权者重视的心愿，渴望“登堂”，有一番作为。

从写作技巧上说，《山行见孤桐》刻意雕琢，描摹繁细，音调铿锵，有穷形尽相之感。钟嵘《诗品》中评价鲍照，“贵尚巧似，不避危仄，颇伤清雅之调”。鲍照处在重视雕藻的刘宋文学时期，诗务琢句，常常自创新辞，这是时代特点，也是他喜好创新、音色浓烈的个人特征。但鲍照并非一味雕凿而沦于板实，他很重视意象经营与情感调动，使诗歌在压抑中呈现一种流动之势。鲍照的诗文刻画精细，用词奇峭，特别喜欢用寒霜冷雾、冰泉阴谷、沉云淫雨、枯叶哀禽这样的字眼，《山行见孤桐》就是典型，又如“蹊泞走兽稀，林寒鸟飞晏。密雾冥下溪，聚云屯高岸”(《苦雨》)、“复涧隐松声，重崖伏云色。冰闭寒方壮，风动鸟倾翼”(《行京口至竹里》)、“高山绝云霓，深谷断无光。昼夜沦雾雨，冬夏结寒霜”(《登翻车岘》)、“严严苦雾，皎皎悲泉。冰塞长河，雪满群山”(《舞鹤赋》)等等，极力构造一种萧飒压抑、凄苦孤寒之境。但鲍照的选词造句极富动感，如本诗中的“崩峰”“奔泉”“激射”等，用力量感很强的字眼将孤桐被压抑的画面转为动态，透出一种焦灼不安、激越不平之气。这种压抑中的翻涌和激荡，这种由才力和情感自然催发的劲气，正是诗人自身激情难以抑制的表现，也是和其他喜欢刻画萧飒之境的诗人迥然不同之处。刘熙载在《艺概·诗概》中用鲍照《芜城赋》中“孤蓬自振，惊沙坐飞”八字评点鲍诗,颇有见地。即使对鲍诗颇有微词如王闿运,言鲍诗"多琢句,精选词,工布景,故格不得高",也承认其劲气可除冗弊(《湘绮楼说诗》卷六)。景厉情激,哀急险切而劲气自发,是鲍照诗歌最大的特征之一。

借孤桐而抒发怀才不遇的苦闷,渴望为人所用,摆脱寒贱,这样的诗歌历代不穷,如李白的《琴赞》:"峄阳孤桐,石耸天骨。根老冰泉,叶苦霜月。斲为绿绮,徽声粲发。秋风入松,万古奇绝。""石耸天骨",似自鲍诗的"桐生丛石里","根老冰泉,叶苦霜月"又似自鲍诗的"奔泉冬激射""未霜叶已肃"。李诗俊迈潇洒,和鲍诗的凄厉压抑大有不同,但"石耸天骨"这种动感极强的峭拔之语,与鲍诗不乏一脉相承之气。李白被杜甫称为"俊逸鲍参军",鲍照劲拔激越的诗风对李白影响很大,此种影响绝不仅限于乐府歌行,此处可窥一斑。

(孔燕妮)

秋夜二首(其一)

原文

夜久膏[1]既竭，启明旦未央[2]。
环情倦始复，空闺起晨装。
幸承天光[3]转，曲影入幽堂。
徘徊集通隙，宛转烛回梁。
帷风自卷舒，帘露视成行。
岁役急穷晏，生虑备温凉。
丝纨夙染濯[4]，绵绵夜裁张。
冬雪旦夕至，公子乏衣裳。
华心爱零落，非直惜容光。
愿君剪众念，且共覆前觞[5]。

注

① 膏：灯油。
② 旦未央：指清晨天还没有完全亮起来。未央：未尽。
③ 天光：日光。
④ 濯(zhuó)：洗涤。
⑤ 觞(shāng)：古代盛酒器。

鉴赏

秋天萧索寒凉，容易引发人的伤感别情，歌之咏之，遂成诗文。中国诗史中的秋思作品由来已久，《诗经·秦风·蒹葭》抒发了秋季河畔思慕伊人的怅惘之情,屈原《九歌·湘夫人》抒写了湘君企望湘夫人的哀婉之情,三国时期曹丕《燕歌行》抒发了深秋时节女子思念远方夫君的凄恻之情。鲍照这首《秋夜》诗,延续了秋思怀人的传统,但描写的具体事件与以往有所不同:秋夜黎明,女子惦念行役在外的丈夫,担心他在即将到来的冬天缺少棉衣御寒,从而为他赶制棉衣并抒发绵绵相思。诗中呈现的家庭氛围、染布劳动、秋冬变换等日常场景,使得此诗区别于先前的关于神仙爱情或贵族婚姻的秋思诗歌,显得更为平实、真切和动人。

前四句铺陈背景,交代事件发生的时间、地点和人物。秋季深夜,天将破晓,闺房中一位女子情思往复、辗转难眠,孤独地凝望着天空中的启明星,既然难以入睡,那么索性起床穿衣。“环”字用得很高妙,“环情”突出了她情感回环往复不可遏制的状态;“空闺”指空荡荡的闺房,只有女子一人而没有丈夫陪伴的闺房显得如此空寂冷清,“空”字凸显了女子的孤独感。

“幸承”至“帷风”六句承接上文,书写女子起床穿衣后的凌晨感受。其中“幸承”四句重在描写黎明时分室内的光影变换。东方渐白,室内渐亮,屋内的梁柱物品在光线中形成了曲折斑驳的影子,影子的位置与形状随着太阳逐渐升起引起光线变化而变化,使得室内光影交错变幻,呈现陆离莫测之感。光影在室内徘徊变化,时而舒朗时而密集，同时残烛的光线也映照着房梁，或明或暗地跳跃着。“幸承”二字写出女子看到黎明的光亮入室时的欣喜之感，因为她想要借助这光亮走出无眠的悠长黑夜，也走出不尽的愁绪离情。“帷风”二句将清晨感受从视觉迁移到触觉，从室内迁移到室外。微凉的秋风吹动着帷幔飘舞翻动，帘外草木上串串露珠晶莹闪烁。如此细腻的感受秋天清晨的光影变化与微风拂动，需要观察者处在极度清静的环境中，由此可见女子沉静孤寂的处境。

“岁役”四句书写女子夜间辛苦劳动为服役的丈夫准备秋冬的御寒衣服。“岁役”是中国古代男性公民必须服从的一种徭役，南朝法令规定“其男丁，每岁役不过二十日，”（《隋书·食货志》），虽然国家规定男丁离家劳役时间不超过二十天，但实际上地方官经常额外摊派，致使劳役时间长达数月甚至一年，因此，岁役对百姓家庭来讲是一件大事。“岁役”两句是说女子回想起岁役来临时，丈夫又要长久远行，令人着急又无奈。如今秋天已到，天气转凉，身在远方的丈夫保暖衣物够不够？会不会受凉呢？她的心中充满了惦念与相思。“丝纨”两句紧承上句，因惦念丈夫寒冷，便赶紧准备保暖衣物，洗涤、染色丝绸，裁剪、缝制衣裳，为了尽快准备好棉衣，无论白天还是黑夜她都劳作赶工。“染”“濯”“裁”“张”等动词连续使用，不仅表现女子熟练女红，而且体现了她生怕丈夫受寒而不辞辛苦赶制衣裳的急迫之感和关爱之情。

“冬雪”四句从当前的秋季写到即将到来的冬天。时光飞逝，冬天即将来临，丈夫还缺少抵御风雪的棉衣，所以我早已为他准备好了过冬衣物。时间如水，汩汩向前；四季轮换，周而复始，大自然不会为春夏的蓬勃而停留，秋冬虽零落但依然按期来临。“华心”两句有比兴之意，不仅指代自然不分差别的对待春夏的容光与秋冬的零落，而且也类比女子对丈夫的感情也不会因他的境况与年华而改变。

最后两句以劝慰丈夫保重身体结尾。女子希望丈夫离家在外摒弃杂念、心安体健，此时虽然天各一方，但希望彼此像从前一样共同举杯，饮尽这杯中之酒。全诗至此，女子的无限深情、无限惦念都倾注在杯酒之中，情意绵绵、余韵悠长。

全诗二十句，流转自如，一韵到底，多联对仗，辞藻优美。诗歌以秋夜凌晨为背景，书写了一位女子对离家在外、参加劳役的丈夫的深切思念，通过想象将当下、从前、未来等多个时空场景编织交错，情韵绵邈幽深。清代毛先舒《诗辩坻》卷二评价此诗：“明远风调警动，而‘始见西南楼’‘夜久膏既竭’二篇，独容裔唱叹，以不尽为工，又其变也。”鲍照此诗对后来的谢朓、李白、杜甫、韦应物等人的秋夜怀人诗歌创作产生了深远影响。

（李　佳）

发后渚

原文

江上气早寒，仲秋始霜雪。
从军乏衣粮，方冬与家别。
萧条背乡心，凄怆清渚发。
凉埃晦平皋[1]，飞潮隐修樾[2]。
孤光独徘徊，空烟视升灭。
途随前峰远，意逐后云结。
华志分驰年，韶颜惨惊节。
推琴三起叹，声为君断绝。

注

① 皋(gāo)：近水处的高地。
② 樾(yuè)：树荫。亦指道旁成荫的树。

鉴赏

据钱仲联先生《鲍照年表》，此诗系于宋文帝元嘉十七年(440)。依钱说，这时鲍照已为临川王刘义庆的侍郎，他先从义庆还都省家，然后道出京口，赴广陵。但诗中有“从军乏衣粮”之句，似与侍郎身份不合。故方东树《昭昧詹言》卷六，以为此诗“不得其事之本末，第以为行役之什可耳”，姑存疑。“后渚”，在当时帝都建康(今南京市)城外江上。

诚如方氏所说，这是一首行役诗。作者写旅途风光，乍看颇似二谢（谢灵运、谢朓）山水诗的路数。细绎全诗，仍有区别。诗中“凉埃”四句，看似景语，实近比兴，与二谢对水光山色作客观描绘者迥异其趣。惟修辞具锤炼之功，于精深中略带生涩之味，这大约就是吴汝纶认为鲍诗与唐之孟郊、宋之黄庭坚风格接近的原因了。而“华志”二句，尤觉晦奥费解，更是鲍诗独有的构词法。读者如多读鲍照诗，自能领会。

这首诗的结构也很别致。第一、二两节各六句：第一节写别家上路时情景，第二节写途中所见景物及自己主观心情随客观景物之变化而变化的心理活动。“华志”二句自为一节，是前两节的一个小结。“推琴”二句又成一节，似用旁观者口吻结束全诗。这是作者从主观世界中跳出来，故意用客观叙述来“冷处理”，从而让读者于言外去品味诗人内心的苦况。

在第一节中，有两个表时间的虚词与一般讲法有异。一是“仲秋始霜雪”的“始”，作“初”解。余冠英先生《汉魏六朝诗选》注云：“近人用‘始’字有迟久而后得的意思，此不同。”其说是。诗句译成口语，应该是“刚到仲秋时节就开始出现霜雪了”。另一是“方冬与家别”的“方”，“方冬”，指初入冬，而不是将入冬。这里有个节序的先后问题。“江上”二句写今年寒意来得早，阴历八月就下霜落雪了。

这时要出门从军，必须把衣食准备得充足些；偏偏作者因家境困穷，缺乏衣粮；但又不能不动身，只好在冬初辞家远行了。陈祚明《采菽堂古诗选》："起句迤逦而下。别家固悲，方冬尤惨。"方东树说："起六句从时令起叙题，不过常法，而直书即目（眼中所见），直书即事（生活实况），兴象甚妙，又亲切不泛。"鲍诗的特点就在于平平写起，闲闲引入，看似寻常笔墨，而诗意却亲切感人。此诗正是这种典型写法。于是接下来写五、六两句：寒冷的初冬，已是满目萧条，偏偏又在缺衣少食的经济条件下离乡背井，从后渚动身时内心当然要充满凄怆了。这六句纯以质朴平实的描写来打动读者，遣词造句，似乎全不着力。这与第二节锤炼字句、刻画景物的写法几乎判若泾渭。但作者却把这两节巧妙地连接在一起，乍读时觉得何以一诗之中风格顿异；其实这正是鲍照写诗善于变化，力图用语言的浅显与生涩来对读者施加影响，从而使读者的感受随诗人笔锋而转移的地方。

第二节，"凉埃晦平皋"者，在寒冷的空气中，弥漫的尘埃把空阔平旷的皋原给掩蔽了，显得模糊晦暗，使作者无法向远处瞻眺。这是陆景。"飞潮隐修樾"者，腾跃的江潮遮住了诗人的视线，两岸修长的树影仿佛都隐没了。这是江景。（当然，在飞潮未到时，作者肯定会看到"修樾"的，这是理解诗歌的辩证法。）于是作者乃置身于一片迷茫和惊涛骇浪之中了。吴汝纶以"凉埃"二句比喻世乱，我看有一定的道理。因为作者此行的目的是“从军”，而目之所接，身之所经，却是晦暗的前途和惊险的处境，自然会产生来日茫茫吉凶未卜的预感。所以这首诗的景语似乎并非纯客观的描写，而是近于比兴的。“孤光”指太阳，“独徘徊”者，茫然不知所往之意。所以前人大都认为这一句是作者自喻。“空烟”，指天空的雾霭，它们正在包围着太阳，因此吴汝纶认为这一句“喻世事之变幻”（文中所引吴氏评语均转引自钱仲联先生增补集说《鲍参军集注》）“视升灭”者，眼看着这一簇烟雾忽而升起、忽而消逝之谓。总观这四句景语，还有个动与静相对配合的特点。“凉埃”虽非静态，但比起“飞潮”来，相对地却要静一些；而“孤光”虽在独自徘徊，比起“空烟”的倏尔升起、忽然消灭来，相对地说也算是静态。这就比以纯动与纯静相对照来得空灵生动得多。古人写诗总是在发展中有所前进。鲍照写景，就比谢灵运以前的人进步很多，像这种相对的动与静的配合在鲍照以前的诗人笔下就很少见到。而到了王维，干脆有静无动，只把宏观的壮伟场面如照相一般摄入诗中，其胆识可以说远远超过了前人，即所谓“大漠孤烟直，长河落日圆”是也。

四句景语之后，再虚写两句以为收束。“途随前峰远”者，“前峰”为眼中所见，要达到那里还有一大段路程，作者心里是有数的，所以用了个“远”字。而这一句又含有前路无涯，茫然无所归适之意。“后云”者，指已经被抛在身后的重云叠雾。行人虽已走过了那一段“空烟升灭”的地带，可是那郁积的云层仍压在心头，给自己带来了迷惘与怅恨，所以诗人的思绪仍在追逐着它，从而使内心郁结不释。王夫之以“发心泉笔”四字评价鲍照，“发心”者，心细如发之谓；“泉笔”者，妙笔生花，文思如泉涌之谓。用来形容此诗的中间六句，真是说到点子上了（见《船山全书·古诗选》评语）。

“华志”二句写得很吃力。“华志”犹美志，它是鲍照自己创造的词汇（此外还有“藻志”一词，亦始于鲍照）。“分”，犹言分散、打乱。“驰年”，指岁月流逝如迅奔疾驶。这句是说自己虽有美好的志愿，却被无情的岁月给搅散、打乱了。“韶”与“华”为同义词，“韶颜”，美好的容颜，指自己的青春。“惨”是动词，指由美好年轻变得惨淡衰老。“惊节”与“驰年”为对文，指使人吃惊的节序变化。这句是说，自己的青春已被令人吃惊的时光给弄得凄惨暗淡，无复当年的蓬勃朝气了。这就把客观上时空的变化和主观上壮志的消磨融成一体，综合地化为无限感慨。诗写到这里，已届尾声，本可结束。但作者意犹未尽，乃变换一个角度，用最后两句收束全篇。

以上所写，从作者离家远行说起，并把旅途所感抽绎出来，全属主观抒情之笔。但在汉乐府和汉魏古诗中（古诗也是模仿乐府的）却另有一种写法，即把主观抒情的内容用客观口吻给描述出来，宛如借旁观者之口来为抒情主人公说话（如《焦仲卿妻》之“多谢后世人，戒之慎勿忘”即是如此)。鲍照此诗结尾实用此法。在大段的羁旅行役的描写之后,忽然转到弹琴上来。好像作者已结束了旅程,在到达目的地后把所见所思通过弹琴表达(或发泄)出来。这就把直接的主观抒情做了间接的客观处理,前面写的种种思想感情仿佛是事过境迁的一番追溯。但作者并没有把主观抒情部分做纯客观的处理,只是把距离拉开了一点而已。因为从诗意看,弹琴者仍是作者本人。这末二句说,作者把一腔心事通过琴音来表达,但弹到这里,由于过于伤心而弹不下去了,只能推琴三叹("三起叹"者,三次兴起感叹也),琴声亦如有情,遂因弹琴者(即末句的"君")之凄怆感慨而戛然中止。这在作者看,这样写可能增加了有余不尽的回味。但这种把笔势宕开的结尾,其艺术效果究竟如何,则仁智所见亦各不相同。如方东树就说:"收句泛意凡语。"认为这样结尾反而弄巧成拙。鄙意以为,作者本意原为创新,但衔接得过于突兀,加上这一手法也并不新奇,反倒成为败笔。故方氏之见似亦未可忽视也。

(吴小如)

拟古八首(其三)

原文

幽并重骑射，少年好驰逐。
毡带佩双鞬，象弧插雕服。①
兽肥春草短，飞鞚②越平陆。
朝游雁门上，暮还楼烦宿。
石梁有馀劲，惊雀无全目。
汉虏方未和，边城屡翻覆。
留我一白羽，将以分虎竹。

注

① 毡带：毡制的腰带。 鞬(jiàn)：盛了的弓袋。 象弧：用象牙装饰的弓。 雕服：雕着花纹的箭袋。
② 飞鞚(kòng)：代指骏马。鞚，有嚼口的马笼头，这里代指马。

鉴赏

本诗是作者戎行诗的代表作之一，通过对幽并少年高强武艺、英雄豪迈气概的夸饰和对其报国立功壮志的歌颂，寄托作者收复北方失地及以身许国、立功边陲的爱国情怀，是一曲时代的慷慨之歌。

“幽并重骑射，少年好驰逐”，首二句开门见山，总写幽并少年的豪侠尚武精神。杰出诗人曹植著名的《白马篇》

乐府,歌颂一位武艺高强的民族英雄,其首四句说:“白马饰金羁,连翩西北驰。借问谁家子,幽并游侠儿。”“幽并”,指我国古代的幽州和并州,在今河北和山西一带,二州民俗强悍,自古多豪侠慷慨之士,所以鲍照借托出自幽并的少年英雄,以表现其来历不凡,并拟曹植诗首四句意。笔墨简洁精练而引人注目。

中间八句,紧承发端二句,转入对“好驰逐”的少年的正面而具体的描绘,重在“骑射”二字上进行生发。先写他的装束:“毡带佩双鞬,象弧插雕服。”此二句说此少年的毡制腰袋上系着两只弓袋,雕花的弓袋上插着用象牙装饰的弓。后句不说弓袋而说箭袋,乃是修辞中的互文(参见刘履《选诗补注》)。《三国志·董卓传》说:“卓有才武,旅力无比,双带双鞬,左右驰射。”这里借用之。这是任武少年装束的主要特征,表现此少年英雄的飒爽英姿,也暗示了他的勇武强健,人物形象从而得以突出。其后写他的“骑”:“兽肥春草短,飞鞚越平陆。朝游雁门上,暮还楼烦宿。”“兽肥”句交代时间,是飞马奔驰的大好时光,英雄用武的最佳时机。“飞鞚越平陆”,此句正面描绘英雄在兽肥草短的畅好春色背景下跑马如飞、度越平川的威武雄壮形象。“朝游”二句则更具体夸饰英雄的骑术神速精妙。“雁门”,指雁门山,今山西右玉县南;“楼烦”,汉县名,今山西原平市东北。二地皆为西汉时的边防要塞,因本诗以“拟古”为题,借汉事以喻时事,故而用此,且下文又有“汉虏方未和”之句。同时，此二地与所写“幽并”少年又正相合，显得合情合理。雁门与楼烦相距甚远，而此少年英雄却能朝游雁门，暮还楼烦，突出地表现了他骑术的高超和气势的不凡。再后又写他的“射”：“石梁有馀劲，惊雀无全目。”“石梁”，石堰或石桥，句用春秋宋景公事，据《阚子》载：“宋景公使工人为弓，九年乃成。公曰：‘何其迟也。’工人对曰：‘臣不复见君矣，臣之精尽于此弓矣。’献弓而归，三日而死。景公登虎圈之台，援弓东面而射之，矢逾于西霜之山，集于彭城之东，其余力益劲，犹饮羽于石梁。”说宋景公所射箭的余力尚能射入石堰，这里借以形容少年英雄有景公般的强劲膂力和劲硬锐利的弓箭。“惊雀”句用后羿事，据《帝王世纪》载：“帝羿有穷氏与吴贺北游，贺使羿射雀。羿曰：‘生之乎？杀之乎？’贺曰：‘射其左目。’羿引弓射之，误中右目，羿抑而愧，终身不忘。”说后羿射雀能使雀没有完全的双眼，这里借以表明此少年有后羿般的精妙射技。以上虽仅仅写了骑射两方面，却概括了他的全部勇武，表现了一不平凡的英雄形象。正如此，他在下文表示立功边陲的愿望才显得那样自然。曹植《白马篇》：“宿昔秉良弓，楛矢何参差。控弦破左的，右发摧月支。仰手接飞猱，俯身散马蹄。”即着重从骑射两个方面去表现幽并游侠的武艺高强，对本诗的影响是很明显的。

诗写到此，少年英雄的勇武形象已推到极点，但一个有血有肉的、完整的英雄形象却只完成了一半，其最可宝贵的精神境界正有待去表现。结尾四句正通过任武少年自述其愿望,表现了这一方面。在外寇未灭,边城在敌我双方反复争夺的紧张形势之下,英雄表示了“留我一白羽,将以分虎竹”的愿望。“白羽”,箭名;“虎竹”,指铜虎符和竹使符,都是汉代国家发兵遣使的凭信。符分两半,右符留京师、左符给郡守或主将。末二句说少年表示要留一白羽箭,愿分符而为郡守,立功杀敌,奋战疆场。至此,诗的主题引向了最高层,一个高大勇武的爱国英雄的形象屹立在读者面前。

作者生活的年代,正是北方鲜卑族所建立的北魏王朝力量强盛、向外扩张时期。由于北魏对宋的频繁入侵,从而造成了宋魏边界战争的连年不断。因此,本诗并不是单纯的拟古,而是托古讽今,借以寄托诗人理想,也反映了当时多数人收复失地、安定边疆的愿望之作。在诗中,我们不仅看到了一个少年英雄的高大形象,也看到了一个“骏马轻貂,雕弓短剑,秋风落日,驰骋平冈”(陆时雍《诗镜总论》),为国家民族存亡而大声疾呼的爱国诗人的奕奕神采。

(丁福林)

拟古八首(其四)

原文

凿井北陵隈,百丈不及泉[①]。
生事本澜漫[②],何用独精坚?
幼壮重寸阴,衰暮反轻年。
放驾息朝歌[③],提爵止中山[④]。
日夕登城隅,周回视洛川。
街衢积冻草[⑤],城郭宿寒烟。
繁华悉何在? 宫阙久崩填[⑥]。
空谤齐景非[⑦],徒称夷叔贤[⑧]。

注

① “凿井”句:指凿井于山阿,百丈而不出水。 隈(wēi),山水等弯曲的地方。泉,地下水。

② 澜漫(lán màn):分散、杂乱貌。此指世事艰难。

③ 放驾:犹税驾,解驾。停车。 朝歌(zhāo gē):殷商都城。今河南淇县。殷纣王在朝歌建鹿台,积珠玉,作歌舞,穷奢极欲。据说墨子曾因朝歌之名不祥而拒入。《史记·邹阳传》:“邑号朝歌而墨子回车。”

④ 爵:古代饮酒器。 中山:国、郡名。春秋时建国,为赵所灭。相传中山产名酒。干宝《搜神记》卷十九载中山人狄希能造千日酒,刘玄石饮之,一醉千日。

⑤ 街衢(qú):街道。衢,大路。

⑥ 崩填:崩山填谷。此指毁坏。

⑦ 齐景:齐景公,春秋时期齐国君主。齐景公曾登牛山,临都城,感叹

人生短暂,富贵荣华不能长久,流涕曰:"若何堂堂去此而死乎?"

⑧ 夷叔:商末贤人伯夷、叔齐的合称。武王灭商后,伯夷、叔齐义不食周粟,采薇而食,饿死于首阳山,为历代赞颂。曹操《善哉行》:"伯夷叔齐,古之遗贤。"

鉴赏

魏晋南北朝诗人好写拟古诗,有的是模拟古诗十九首或者其他诗人,有的就是一般的遣怀抒志,鲍照的《拟古八首》大多是后者。此诗首四句,"凿井北陵隈,百丈不及泉。生事本澜漫,何用独精坚?"用凿井百丈而不出水作比喻,说即使苦心经营,志愿也难以达成,世事如此艰难,又何必精诚坚定,一心一意百折不挠?澜漫叠韵,精坚双声,音韵辞藻很讲究。鲍照自幼才学过人,又有雄心壮志,偶像是鲁仲连这样纵横诸侯、卓荦不群的高士,他自出仕以来担任的都是王国侍郎、太学博士、中书舍人、县令一类的文职,宋孝武帝大明年间(457—464)他在临海王刘子顼手下担任参军,赴边从戎。此时鲍照已经四五十岁,过了意气风发的盛年,不仅建立不了鲁仲连这样的奇勋,连仕途也没什么起色,诗人自述:"晚节从世务,乘障远和戎。解佩袭犀渠,卷帙奉卢弓。始愿力不及,安知今所终。"(《拟古八首》其二)说自己少壮为儒而怀壮志,晚年参预时事、镇守边关、和抚戎狄,脱下文士袍服穿上武官铠甲,收起书本拿起弓箭,最初的志愿已难以实现,又哪里知道如今有何下场。事实上鲍照就是在参军一职上被杀害的。参考他久不得志、晚年从戎、亡于军中的生平,更能理解首四句的消沉愤激。

不再需要“精坚”,于是开启下面的抒怀,“幼壮重寸阴,衰暮反轻年。放驾息朝歌,提爵止中山”。少壮之时努力奋进,爱惜光阴,到了晚年时光无多,却反而开始轻视生命,不是驾车在朝歌闲游,就是到中山饮酒。墨子因嫌朝歌是享乐非时之地,于此回车绕路,中山人狄希造千日酒,不敢予人,刘玄石强行索来喝,一醉千日。诗人游于朝歌,饮于中山,和墨子作对,和刘玄石同调,可谓“反”得彻底。一般人老来更加惜时,“少壮轻年月,迟暮惜光辉”(何逊《赠诸游旧》),此处鲍照反其道而行,老来游荡纵酒,随意抛掷时光,看似快意,却不过是忧愤抑郁下的悲怆之辞,并不是真的放志行乐。愈是敏感的诗人,对时光流逝的感触愈深,“华志吝驰年,韶颜惨惊节”(鲍照《发后渚》),也愈容易有衰暮轻生之心境。后代钱惟演《木兰花》词中写:“情怀渐觉成衰晚,鸾镜朱颜惊暗换。昔年多病厌芳樽,今日芳樽惟恐浅。”意义近似,词论家往往嫌其近诗而非词,那是因为这种悲怆本来就是直陈而非婉转的。

“日夕登城隅,周回视洛川。街衢积冻草,城郭宿寒烟。繁华悉何在?宫阙久崩填。”前有衰暮放驾,引出此处日夕登城。洛川代指洛阳,是南下的中原王朝的故都。日暮登城,四顾萧条,到处寒烟衰草,遥望故都洛阳,昔日繁华不再,宫阙早已崩塌毁坏。登高远眺而发历史之悲慨,是汉末以来古诗的一大传统,如王粲《七哀》诗其一:"南登霸陵岸,回首望长安。悟彼下泉人,喟然伤心肝!"曹植《送应氏》其一:"步登北邙坂,遥望洛阳山。洛阳何寂寞,宫室尽烧焚。"因为社会动荡,政权长期处在血腥的更迭中,这种幻灭无常的情绪在魏晋南北朝诗人中普遍存在。鲍照在名篇《芜城赋》中通过对兵变后扬州荒凉可怖的刻画,表达了江山永固只是统治者的幻想、残酷的社会终将把所有人摧残殆尽的悲叹,"观基扃之固护,将万祀而一君。出入三代五百余载,竟瓜剖而豆分。……千龄兮万代,共尽兮何言"。

既然最终都要归于死亡和毁灭,那么又有什么贤愚之分呢?这样的思考自然而然引发了末二句的感叹,"空谤齐景非,徒称夷叔贤"。既然贤愚同尽,那么毁誉自然也无所谓。人们徒然批评齐景公贪图享受,称赞伯夷、叔齐贤德有操守,又有什么意义?古人常拿齐景公和伯夷、叔齐作对比,《论语·季氏》:"齐景公有马千驷,死之日,民无德而称焉;伯夷、叔齐饿于首阳之下,民到于今称之。"汉末魏晋以来随着个人意识的日益觉醒、儒家道德的分崩离散和残酷政治现实的刺激,知识分子对旧有的人生意义是怀疑而迷惘的,比如阮籍在《咏怀》诗中对儒家道德观的疏离自省,"儒者通六艺,立志不可干。……烈烈褒贬辞,老氏用长叹"(其六十),"离麾玉山下,遗弃毁与誉"(其五十七),"丘墓蔽山冈,万代同一时。千秋万岁后,荣名安所之?"

(其十五)。这种对儒家价值体系中褒贬毁誉的再审视,究其缘故,是个人价值的发扬和社会对个人的严酷压制产生了严重冲突。鲍照放弃自守,齐生死、混贤愚,"幼壮重寸阴,衰暮反轻年""空谤齐景非,徒称夷叔贤",可作愤语解,但也是黑暗现实下自我价值无法实现的知识分子在当时的某种普遍心理。

这首诗写得流畅自然,非常注意篇章词句的照应,意脉转换间毫无滞涩,比如七八句"放驾息朝歌,提爵止中山",朝歌和中山既是盛产歌舞美酒之地,也是古之亡国,放乐之中带有悲情色彩,由此引出下句感叹故都洛阳的繁华不再,过渡自然。结句用齐景公对比伯夷、叔齐,固然因为二者经常被用来做道德对比,也因为齐景公对生命短暂的惋惜很符合当时诗人们的心境,"齐景升丘山,涕泗纷交流。孔圣临长川,惜逝忽若浮"(阮籍《咏怀》其三十二)。"空谤齐景非"和"衰暮反轻年"一样,暗含诗人对生命的悲哀。此处收束,最为警峭,再多就不免繁滞。王夫之称赞本诗"重而无见骨之病"(《古诗评选》),就是称赞它的篇章布置。

(孔燕妮)

拟古八首(其六)

原文

束薪幽篁里，刈[1]黍寒涧阴。
朔风伤我肌，号鸟惊思心。
岁暮井赋讫[2]，程课相追寻。
田租送函谷，兽藁[3]输上林。
河渭冰未开，关陇雪正深。
笞击官有罚，呵辱吏见侵。
不谓乘轩意，伏枥还至今。

注

① 刈(yì)：割。多用于草或谷类。
② 讫(qì)：终了；完毕。
③ 藁(gǎo)：稻麦等庄稼的秆子。

鉴赏

鲍照出身微贱，仕途偃蹇，空有满腔才志，无奈贫穷潦倒。他家里“资储无担石”(《松柏篇》)，住房是“上漏下湿”，生活阴霾经常使他“长叹至天晓，愁苦穷日夕”(《代贫贱苦愁行》)。这些真实写照，是他能比较接近和体验社会下层生活，并予以真挚深切反映社会残暴黑暗的思想基础。又鲍照大半生宦游在外，阅历既广，感受自深，有供诗歌创作提炼升华的丰厚的生活基础。《拟古八首》(其六)就是鲍照思想和生活两者相结合的产物,它对饥寒交迫的下层人民的悲惨遭遇充满同情,对贵族官僚集团向百姓施行敲骨吸髓的虐政进行揭露和抨击,迸发出璀璨的现实主义光芒。

全诗的诗眼是第四句的"思"字,它表现了诗人对个人命运、社会不平现象深沉的严肃的反思,抒发了渴望改变现状而又无法施展怀抱的郁闷。方虚谷《〈文选〉颜鲍谢诗评》中说"明远多为不得志之辞,悯夫寒士下僚之不达",这话说得还不够全面,鲍照不仅仅关心"寒士下僚之不达",他还关心和同情民生疾苦,有积极的拯世济物之心。唐代大诗人杜甫所继承的正是这种精神与诗风,所以陈祚明《采菽堂古诗选》评此诗"真至","此等最为少陵所摹",是很中肯的。

前四句是触发"思"的契机,后十句是闸门开启后所"思"的两层具体内容。

"束薪幽篁里,刈黍寒涧阴。"在幽暗的竹林里打柴,在背山的寒冷涧谷中收割庄稼,都必然徒劳无功。黄节《鲍参军诗补注》说"幽篁里无薪","寒涧阴无黍",两句言"物之失所也",诠释得很精彩。两句有一点"赋"的成分,意在表明失去土地失去粮食的人们只能到毫无希望的地方去寻找生活资料,作绝望的挣扎。但更主要的却在于"兴":兴自己老而无成,兴百姓苦而无获,为全诗张本。《楚辞·山鬼》:“余处幽篁兮,终不见天。”诗歌袭用其意,两句象征性地勾画出当时暗无天日、阴寒冷酷、民生凋敝、流连失所的时代氛围,奠定了全诗的基调。方东树《昭昧詹言》论鲍诗“起句多千锤百炼,秀绝寰区”,这意蕴丰富的两句正当之无愧。在这幅色彩浓黑的时代背景上,诗人更加以声响的渲染,那就是刮着凛冽的“朔风”,飞着悲鸣的“号鸟”。“朔风”与后文“岁暮”“冰未开”“雪正深”的时令相照应。呼啸的北风刮得大地一片昏暗,一声声悲啼的鸟叫夹杂其间,画面凄惨,典型的蒙太奇手法。“朔风”使无衣无食的人“伤肌”,“号鸟”使穷途失意者“惊心”。那“号鸟”,也许是失群的孤雁,不祥的乌鸦,或遍野嗷嗷待哺的哀鸿。借物喻人,那大发淫威的“朔风”,不就是“笞击”“呵辱”他人的官吏;哀鸣的“号鸟”,不就是那些被“罚”被“侵”的百姓吗?“思心”被“惊”,不仅仅是“号鸟”所引起,也是前三句的总归宿。

从“岁暮井赋讫”到“呵辱吏见侵”八句是诗人“思索”的第一层内容,前四句写赋税之重,后四句写徭役之惨。

“井赋”是田赋地租,“程课”是定期的捐税。一年的田租才交清,各种名目的苛捐杂税又纷至沓来。从“讫”到“相追寻”,时间上衔接得那么紧迫急促,情势上又那么来势凶猛、咄咄逼人,不由人不想起杜甫《石壕吏》“吏呼一何怒”的情景,真实地揭示了统治者巧取豪夺、贪得无厌的嘴脸。收刮来的租米和兽藁(喂牲畜的刍草)还要由人运到函谷关内、上林苑里。函谷关内有秦汉故都长安，此泛指京城；上林苑，在长安附近供秦汉帝王享乐的豪华的大型动物园、植物园和狩猎场。大量财富，无数民脂民膏源源不断地输送到官府、朝廷，连上林苑里的畜牲都喂得膘肥肉壮，而百姓却“束薪幽篁”“刈黍寒涧”在受冻挨饿，贫富不均的对比是何等强烈！这四句与发端两句相照应，“送”“输”又为下四句作铺垫，结构上针线细密。

在腊月寒冬，贵族官僚们羊羔美酒围炉取暖，而百姓却被套上交赋税、服劳役两副沉重枷锁。他们牛马似地劳累终年，连“岁暮”也未能喘息一下，被迫顶风冒雪跋涉在坚冰封冻的黄河、渭水上，雪深没膝的函谷关、陇山下。东晋以来的徭役极为繁重，《晋书·范宁传》说：“古者使人岁不过三日，今之劳扰，殆无三日休停。”鲍照诗无疑是对这一现实的形象反映。“冰”“雪”伤肌冻骨固然叫人寒心难熬，而那班似虎如狼的官吏更叫人胆颤心惊。他们动辄“笞击”（皮鞭抽打）、“呵辱”（大声辱骂），残暴无比。不难想见，在这些押班官吏的淫威下，该有多少民夫倒毙在沟壑中。这四句照应了前面三、四两句。就官吏而言，他们不仅是押送劳役的主角，也是逼租催课的主角，他们的凶狠是一贯的。所以“笞击”两句也是这层思索的总收束，章法井然。

诗人的第二层“思索”只有两句：“不谓乘轩意，伏枥还至今。”他想做官，而且做乘华丽轩车的大官。他与不愿为五斗米折腰的陶渊明不同。陶渊明《戊申岁六月中遇火诗》说:“草庐寄穷巷,甘以辞华轩。”面对同样黑暗的现实,陶渊明采取逃避隐退的策略,鲍照则表现了积极入世的精神。可以设想,鲍照一旦得志“乘轩”,就可能与“笞击”“呵辱”的官吏有所不同,使吏治清廉些,使政治清明些,实现“致君尧舜上,再使风俗淳”(杜甫诗)的宏愿。无奈他的良好愿望与污浊世情太格格不入,因此“乘轩”的意图终成泡影,“伏枥”句就表达了他不得志的悲哀与叹息。它用了曹操《步出夏门行·龟虽寿》“老骥伏枥,志在千里”的诗意,抒发了老而不被擢用、难以腾骧驰骋的愤懑。以个人与时代的双重不幸结束全篇,黯然伤神,韵味深长。

鲍照早年虽也有过“垦畛剿芿,牧鸡圈豕,以给征赋”(《侍郎报满辞阁疏》)的经历,但后来断断续续任下级官吏,基本温饱尚不成问题,所以此诗所写绝非诗人本身的实录。又鲍照成年后也从未到过中原以及西北地区,所以诗中景象也不是如鉴照形的社会实录。诗题作“拟古”,托言秦汉时事;又以“思”的形式来拟写,仿佛以虚构想象得之,受古诗启迪而已,用心良苦。它无非是全身远祸的盾牌,用貌似曲折的方法暴露现实,因为诗人不能不有所顾忌,直接明显地指斥时事,那是要身蹈不测的。

当然,从今天读来,这首诗的揭露和抨击是十分直截犀利的。它不用雕琢,也毫无夸饰,用朴素真实的画面让读者感动震撼。在诗风上,它继承了《古诗十九首》、曹操《蒿里行》、王粲《七哀诗》、陈琳《饮马长城窟行》等佳作的现实主义传统，再现了汉魏风骨。这是此诗“拟古”的本质含义所在。它对后世诗人，特别是杜甫，有深刻影响。杜甫《自京赴奉先县咏怀五百字》诗中的名句“彤庭所分帛，本自寒女出”“朱门酒肉臭，路有冻死骨”，都可视为脱胎于此。在整个六朝诗坛，鲍照这首直接揭露虐政的诗可谓绝无仅有，不啻是划破漫漫长夜的一道闪电。

（曹光甫）

拟古八首(其八)

原文

蜀汉多奇山①,仰望与云平。
阴崖积夏雪②,阳谷散秋荣③。
朝朝见云归,夜夜闻猿鸣。
忧人本自悲,孤客易伤情。
临堂设樽酒,留酌思平生④。
石以坚为性,君勿惭素诚⑤。

注

① 蜀汉:此指巴蜀汉中一带。班固《西都赋》:“西郊则有上囿禁苑,林麓薮泽,陂池连乎蜀汉。”注云:“《汉书》有蜀郡汉中郡。”蜀地多山。左思《蜀都赋》:“山阜相属,含溪怀谷。岗峦紏纷,触石吐云。”

② 阴崖:山北之崖。山北水南为阴,山南水北为阳。 夏雪:夏日不消的积雪。

③ 荣:草本植物的花。亦泛指草木之花。《古诗》:“攀条折其荣,将以遗所思。”

④ 平生:此指平生所思者。

⑤ 素诚:一向的情意。

鉴赏

此诗的主题是孤身在外,悲思伤感,希望故人不要忘记旧情。前半似拟“西北有高楼,上与浮云齐”,末节似拟“良无盘石固,虚名复何益”。鲍照常写怀亲恋友之诗,“邂逅两相亲，缘念共无已。风雨好东西，一隔顿万里。追忆栖宿时，声容满心耳”(《赠傅都曹别》)。又仕途不顺，希望得到友人援引，“君居帝京内，高会日挥金。岂念慕群客，咨嗟恋景沉”(《日落望江赠荀丞》)。此诗寄托了诗人对亲友的思念和某种现实的希望。

首四句以蜀山起兴，“蜀汉多奇山，仰望与云平。阴崖积夏雪，阳谷散秋荣”。蜀山高峻崔嵬，一山之中气候殊异，向北的山崖夏天仍然积雪未消，向南的山谷正散开着秋天的花朵。一般是春花冬雪，这里故意用秋花夏雪，一是因为山势高峻确实会造成四季兼备的特殊景象；二是因为作者偏爱使用对比鲜明且奇特的意象，“阴崖积夏雪”不仅和“阳谷散秋荣”形成工整对比，同一句内，阴崖和夏雪、阳谷和秋荣也形成了阴阳冷暖的强烈对比，类似还有“朱华抱白雪，阳条熙朔风”(《望孤石》)等。鲍照对字句的选择和熔炼十分精心，特别重视各种意象间色调和形象的对比，显露出一种新奇诡丽之美，或者说有一种强烈的刺激性，如“欢觞为悲酌，歌服成泣衣”(《吴兴黄浦亭庾中郎别》)、“丰雾粲草华，高月丽云崿”(《临川王服竟还田里》)、“华志吝驰年，韶颜惨惊节”(《发后渚》)，等等。为了达到这种新警奇艳的效果，鲍照常常自己造词，比如以上“欢觞”“悲酌”“歌服”“泣衣”“丰雾”“草华”“高月”“云崿”“华志”“驰年”“韶颜”“惊节”；加之以特别的动态描绘，“积”“散”“抱”“熙”“粲”“丽”“吝”“惨”，使诗句富有一种特殊的艺术张力,所谓“雕藻淫艳,倾炫心魂”(萧子显《南齐书·文学传论》)。

首句写山与云平,五、六句复及,“朝朝见云归,夜夜闻猿鸣”。应玚《别诗》其一写:“朝云浮四海,日暮归故山。行役怀旧土,悲思不能言。”郦道元《水经注》:“猿鸣至清,山谷传响,泠泠不绝。行者闻之,莫不怀土。”云归猿鸣令人怀土思乡,七、八句由此抒情,“忧人本自悲,孤客易伤情”。忧感之人本就容易悲伤,更何况孤客在外,见朝云归,听夜猿鸣,所见所闻无不使人黯然销魂,百感凄恻。

九、十句由孤独而思故人,“临堂设樽酒,留酌思平生”。摆酒在堂,等待和平生所思念的人对酌。此似拟旧名苏武所作古诗:“我有一尊酒,欲以赠远人。愿子留斟酌,叙此平生亲。”但比古诗更为精炼,展现了诗歌语言的进步。末两句寄托希望,“石以坚为性,君勿惭素诚”。石性坚贞,君如奇山,当秉坚石之性,不绝故人之思——希望你不要辜负我们向来的情意。此诗结构清晰,条理分明,四句写“奇”,四句写“孤”,四句写“思”,以蜀山起兴,中间纯是赋体,结尾忽以山石作比,首尾相荣,神思摇曳,余意不尽。

(孔燕妮)

学刘公干体五首(其三)

原文

胡风吹朔雪，千里度龙山。
集君瑶台上，飞舞两楹前。
兹辰自为美，当避艳阳天。
艳阳桃李节，皎洁不成妍。

鉴赏

自建安以来，诗坛出现了一种摹拟前人诗体的风气。这种风气盖始于文人作家摹仿乐府旧题，后来便扩展为摹仿前代作家的创作。不过六朝人虽说摹仿，究竟还保存和体现了摹仿者本人的风格特征。这跟明代拟古主义者亦步亦趋、生吞活剥的做法还是有区别的。

刘公干即“建安七子”之一的刘桢。他写诗曾与曹植齐名，成就高于侪辈。可惜作品传世太少，其中以《赠从弟三首》最为有名。而鲍照集中今所存的《学刘公干体五首》，除第二首有可能摹仿刘桢《赠从弟三首》中“亭亭山上松”一首外，其他各诗很难确指为摹仿刘诗某首。近人黄节认为这第三首是摹仿刘桢《赠从弟》中“凤凰集南岳”一首的，绎玩诗旨，其说恐亦未必可靠。只好阙疑。但刘桢诗今虽仅存十五首，却能见出作者的个性。他确是一个有骨气的人，外具清高之风，内禀坚贞之节。因此他的诗很能代表建安时代知识分子凛然有风骨的一面。鲍照的这五首《学刘公干体》,确实也体现了刘桢的人和诗所具有的这一特点。我想,这已经足够说明问题的了。

此诗通首用比体,即以北国皎洁的冬雪自喻。全诗八句,四句为一节,而一节中的每两句各表达一个完整的意思。从结构看,简括而谨严,没有枝蔓,没有铺排,十分凝练。诗意也极醒豁,一望可知,毫无隐曲;然而层次井然,转折分明。虽属摹仿前人,在鲍照诗集中却是精心刻意之作。

开头两句写远在北方的雪被胡地寒风吹越龙山(即逴龙山,古代传说中北方的一座冰山),落到帝都所在。三、四两句写雪的形象美观动人,"集君瑶台上"写静止的雪,"飞舞两楹前"写动荡的雪,笔意虽平淡朴实,却把雪的丰姿写得十分具体。"君"即国君,"瑶台"字面用屈原《离骚》"望瑶台之偃蹇兮",指巍峨而洁白的宫殿。试想,皑皑的白雪静静地落积在高台之上,自然很壮观。《文选》李善注引郑玄《礼记》注云:"两楹之间,人君听治正坐之处。"可见"两楹前"即皇帝的正殿之前。雪花在殿前空中飘动飞舞,景象也很美。这两句虽说是景语,实涵"比"的成分。说详下。

夫用雪自喻,较易理解。其洁白晶莹,正象征人品的高尚纯洁。北国多雪,本属自然现象;但作者为什么要写它从阴寒幽僻的朔漠吹到帝王的殿堂之上呢?这就隐寓着作者本人的身世之感。鲍照出身于微贱的寒门,想在朝廷上占一席之地是很不容易的;正如雪虽皎洁却来自遥远的荒漠,不可能轻易进入帝王所居之地。所以作者于此诗的第三、四句,特意把下雪的场面安排在以帝王宫殿为背景的地方,这实际上寄托了鲍照希望跻身朝廷、与豪门权贵分享政权的理想,当然其中也不无追名逐势往上爬的庸俗成分。但读者从诗人以雪自喻这一点来体会,至少会感到鲍照虽"心存魏阙",却还没有低声下气到对权贵豪门摧眉折腰的地步。

然而这第一节只是表达了作者的主观愿望。下面四句突然一个转折,跌入了另一境界。即春日一旦来临,在艳阳天气里,只允许桃李争妍斗胜;而这时的雪,纵使高洁得一无尘滓,也没有容身之地了。此诗好就好在:"艳阳天"和"桃李妍",原是春意盎然的景象,在一般人心目中,它应该属于值得肯定的良辰美景的范畴;然而作者却把它当作高洁无滓的白雪的对立面。于是这明媚春光、桃李缤纷的场景一下子便成为名利场中趋炎附势的象征,使读者在强烈的对比下竟对绚丽妍美的"艳阳天"产生了庸俗尘下之感。这就是诗人不同凡响的大手笔了。正由于这样的写法,才更加显出豪门权贵的炙手可热,也自然体会到寒士阶层命运的可悲和身世的凄凉。

从这首诗可以看出,鲍照之学刘桢,乃是形神兼备地学,学得有血肉、有筋骨。诗中所体现的抒情主人公形象仍是刘宋时代的鲍照而非建安时代的刘桢。这种摹仿与学习,实际上是由继承而求得发展,而不是照葫芦画瓢的每况愈下。悟彻此理,始可与言诗也已。

(吴小如)

建除诗

原文

建旗出敦煌，西讨属国羌。
除去徒与骑，战车罗万箱。
满山又填谷，投鞍合营墙。
平原亘千里，旗鼓转相望。
定舍后未休，候骑敕前装。
执戈无暂顿，弯弧不解张。
破灭西零国，生虏郅支王。
危乱悉平荡，万里置关梁。
成军入玉门，士女献壶浆。
收功在一时，历世荷余光。
开壤袭朱绂，左右佩金章。
闭帷草《太玄》，兹事殆愚狂。

鉴赏

所谓“建除”，就是古代阴阳五行家用“建除”等十二个规定的字，配合十二地支，以决定时日的吉凶的一种迷信术数之法。《淮南子·天文》规定：“寅为建、卯为除，辰为满、巳为平，主生；午为定、未为执，主陷；申为破，主衡；酉为危，主杓；戌为成，主少德；亥为收，主大德；子为开，主太岁;丑为闭,主太阴。”这种“建除法”有两种:《越绝书》从岁数,《淮南子》及《汉书》从月数,后人只用月数。所谓岁数、月数,就是按年或按月推算。后人按月推算,有时会出现连两个“平”或其他的字,因之与地支相配合有参差,但最后还是回到《淮南子》所定的相配轨道上来。至于哪些字代表黄道吉日,哪些字表示黑道凶日,旧时星相术士有四句口诀:“建满平除(或作“收”)黑(道),收(或作“成”)危定执黄(道)。成(或作“除”)开皆可用(属中性而偏吉),破闭不相当(中性而偏凶)。”这种口诀,各术士互有差异,可能是师承不同关系。

这种《建除诗》,其体裁为藏头形式,两句一组,以“建除法”的一个字开头,该字亦为诗句意义的组成部分,有游戏笔墨的性质。六朝人作这种诗的很少,只有梁朝的范云、梁宣帝萧詧、陈朝的沈炯各有一首,内容不见佳妙,明远这首足可代表。

这首诗以征讨西域少数民族、开疆拓土为内容,流露出诗人对这种“开壤”的不世功业的羡慕神情。

首两句点明大军出征的路线和去征讨何处。军队高举着帅旗,浩浩荡荡出了敦煌,去讨伐汉王朝的附属国羌(羌族,散居今之甘肃、四川一带)。第一句首藏“建”字。

第三、四句写兵将之多。这路大军,步兵(徒)、骑兵、战车等都非常众多。“箱”,车箱,“万箱”,即万辆,这是虚数,极言兵车之多。第三句首藏“除”字。

第五至八句描写军旅气势之盛。军队处在山谷中，只见满山满谷都是士兵，把马鞍卸下来可以架成营垒的围墙。军队进行到辽阔的大平原上，前后队伍绵延千里，旌旗要辗转传递才能互相望得到。“旗鼓”，偏义，指战旗。这四句藏“满”“平”二字。

九、十句写行军的紧张。安下营来还来不及休息，传令兵（候骑，原为侦察兵，这里似应为传令兵，或者古代侦察与传令不分）又传来了继续前进的命令。可见战情紧急，已到了刻不容缓的程度。第九句首藏“定”字。

十一、十二句是这首军旅诗中唯一描写战斗场面的。战士们握着武器没有暂时放下一会儿的时间，弓拉开以后也不放松。“不解张”，不能解除张开度。“顿”，作舍弃解。此两句藏“执”字。

以上十二句写出征及战斗。以下十二句转入胜利和凯旋。

汉军灭掉了西零国（疑为西凉国），俘虏了郅支王。郅支王，匈奴呼韩邪单于之兄，名呼屠吾斯。呼韩邪当单于后，诸王亦争当单于，呼屠吾斯自立为郅支骨都侯单于。汉元帝时，都护甘延寿等发兵入康居，俘获被杀。战乱平定以后，就在边疆新占领的地区设立关隘（万里置关隘），确立统治，军队凯旋，进入玉门关，老百姓送上慰劳品，犒劳将士。“成军”，这次战争，汉军打了胜仗，牺牲不大，故云成军。以上六句，藏“破、危、成”三字。

“收功”二句，是说这次征讨，取得了巨大的功绩，虽然属于当前的时代，但是它的荣誉和利益，可以影响到后世。根据末两句的意思，这两句还含有羡慕之意，即将军们获得了一朝一夕的战功，他们的子孙将一直沾光不止。“开壤”两句，“开壤”，即开边，开疆拓土。说得直率一点就是用武力强占少数民族的土地。在开边的战功中获得了高官显爵。绂，印章上的带子。古代的颜色分等级，不能乱用，印绶而用深红色，官品很高。金章，黄金铸造的印章。金章紫(朱)绶，丞相等级。这两句按意义次序，应该在“收功”两句之前，可能因所藏之“收”在“开”之前，故倒装。

“闭帷草《太玄》，兹事殆愚狂。”关起门来写《太玄》，这种事情实在太愚蠢了。《太玄》是西汉末文学家扬雄仿《周易》而写的一部书名。鲍照认为一个人不去为国建立不世之功，却做一个闭门著作的书呆子，实在是愚蠢到失去理智的程度。其羡慕因战功而居高位的心情一泄无遗，这在鲍照的其他诗篇中，也常有这种思想的表露。诗人的雄心壮志之所以没有实现，乃是被当时的门阀制度所扼杀的。末两句藏“闭”字。

此诗虽说是“游戏体裁”，内容却并不损害言志。是了解鲍照的好资料。

建除诗实为后世藏头诗的鼻祖。

（潘　慎）

梦归乡

原文

衔泪出郭门，抚剑无人逵。
沙风暗空起，离心眷乡畿[①]。
夜分就孤枕，梦想暂言归。
孀妇当户叹，缫丝[②]复鸣机。
慊款论久别，相将还绮闱。[③]
历历檐下凉，胧胧帐里辉。
刈兰争芬芳，采菊竞葳蕤。
开奁夺香苏，探袖解缨徽。
梦中长路近，觉后大江违。
惊起空叹息，恍惚神魂飞。
白水漫浩浩，高山壮巍巍。
波澜异往复，风霜改荣衰。
此土非吾土，慷慨当告谁。

注

① 畿(jī)：古代王都所在处的千里地面。后多指京城管辖的地区。引申谓方千里。

② 缫(sāo)丝：把蚕茧浸在热水里，抽出茧丝。

③ 慊(qiè)款：慊，满足，惬意。慊款，这里指深情的样子。　相将：相携。　绮闺：美丽的闺房。

鉴赏

这是鲍照客居远方思念家室之作。诗的主要内容是还乡梦,开头几句是致梦之由,后面是梦醒的感慨。

开头写道:“衔泪出郭门,抚剑无人逵。沙风暗空起,离心眷乡畿。”这个开头就像电影镜头一样,现出了抒情主人公的活动形象:他含着眼泪走出城门,他走到无人的大道旁抚剑徘徊。“衔泪”,他是多么伤心;“抚剑”,他又有多少心事,是功名不遂,还是心有不平?下面又现出了环境,风沙迷漫着天空,这又可以看作是个主观镜头,“暗空起”,可见他是在瞻望远方,下面说“离心眷乡畿”,啊,他是在思念家乡,从前面的表情、行动可以知道,他对乡邦的眷念之情又是多么强烈!

中间就是梦了。“夜分就孤枕,梦想暂言归。”“夜分”,半夜。半夜才就寝,可见心绪的不宁,“孤枕”的“孤”,见出刺激。于是积思成梦了。下面就是梦中情形。“孀妇当户叹,缫丝复鸣机。”“孀妇”,独居之妇,指其妻。作者梦见其妻在窗下一边缫丝织帛,一边叹息。“复”,可见为两种劳动,这两种劳动一般说不能同时,此乃梦中所见,故成此恍惚。“慊款论久别,相将还绮闱。”这里写夫妇会面、进屋情形,情意那么美好。“历历檐下凉,胧胧帐里辉。”这是写夜色,檐外清凉可感,屋里清辉晔晔,使人产生身心俱适之感。“帐”指帷帐。有此一帐,清辉半笼,极是妙境。“刈兰争芬芳，采菊竞葳蕤。”“刈兰”“采菊”，采集香花香草。这种活动一般在白天，刚写夜晚，又写到白天，刚写到室内，又写室外，正是梦境的错乱迷离。刈兰、采菊，是互致美好的感情。这两句亦可理解为比拟之词：闻到妻子的膏沐，感到比兰菊还要美好（“葳蕤”，鲜丽貌）。“开奁夺香苏，探袖解缨徽。”“夺”，取。“香苏”，香缌。“缨徽”，香囊。香缌、香囊皆为定情之物，繁钦《定情诗》写道：“何以致叩叩，香囊系肘后。……何以结恩情，美玉缀罗缨。”“罗缨”即为缌子。这里写开奁取香苏、伸手解香囊，是重温夫妇恩爱的意思。王闿运谓“探袖句近亵”（《八代诗选》），大概是指这里的描写有性爱的暗示。但这还是比较含蓄的，而繁钦的那篇诗就径直写出了“思君即幽房，侍寝执衣巾”了。以上是好梦，写得闪闪烁烁，一个镜头一个镜头的闪现，连贯性、清晰度不是很强，这正适宜梦境而且是男女交接梦境的表现，既给人以美感，又给人以很多的想象余地。“梦中长路近，觉后大江违。”写梦醒，又像是镜头的“甩切”，从梦境一下子过渡到实境。一边是好梦，一边是“大江”，给人以强烈的印象，也表现了主人公无比遗憾的心情。汉乐府《饮马长城窟行》：“梦见在我傍，忽觉在他乡”、李白《梦游天姥吟留别》：“惟觉时之枕席，失向来之烟霞”，也是运用了这种笔法。

后八句写梦醒之后。“惊起空叹息，恍惚神魂飞。”这是大梦初醒、恍恍惚惚的情状，一个“空”字点出了他的失望。

“白水漫浩浩，高山壮巍巍。”这是他眼前所见，大水漫无边际，山峰高大雄伟，真是山高水远，阻隔了归程。水前加一色彩字“白”，见出迷惘。“波澜异往复，风霜改荣衰。”“往复”出郭璞《江赋》：“自然往复，或夕或朝。”此谓江潮的来去起落。“荣衰”，滋荣衰老。这两句意思是说，事物变化很大，波澜在往复中变，植物在风霜中变，而人也不知不觉在岁月中变老了。“此土非吾土，慷慨当告谁。”前一句出王粲事。王粲往荆州依刘表，思念家乡，作《登楼赋》曰：“虽信美而非吾土兮，曾何足以少留！”“慷慨”，情绪激动貌。这两句是说：这里不是我的家乡，滞留在这里的郁闷能告诉谁呢。这见出客居的孤独、依人的不得意，与开头的“衔泪”“抚剑”照应。也见出思念家人的焦灼、迫切：积思成梦，一叙阔别，而须臾梦破人杳，这叫人何以为怀！从这里的用典看，此诗当作于荆州、作者任职于临海王府时，曹道衡谓作于永安令任上（《中古文学史论文集·鲍照几篇诗文的写作时间》），也有可能。永安即今湖北随州，古代在荆州范围内，用典也颇切合。

这首诗的语言表达、情景描写都较好，梦写得尤其好。王闿运说“铺叙太详”（同上）正是优点所在，此前还没有比这首更精细的记梦诗，尤其是关于夫妇会见的记梦诗。唐代的元稹《江陵三梦》《梦游春》诸作似受到这诗的某种影响。

（汤华泉）

临川王服竟还田里

原文

送往礼有终，事君惭懦薄。
税驾罢朝衣，归志愿巢壑。
寻思邈无报，退命愧天爵。
舍耨[1]将十龄，还得守场藿[2]。
道经盈竹笥[3]，农书满尘阁。
怆怆秋风生，戚戚寒纬作。
丰雾粲草华，高月丽云崿[4]。
屏迹勤躬稼，衰疾倚芝药。
顾此谢人群，岂直止商洛。

注

① 耨(nòu)：除草。
② 藿(huò)：豆叶。
③ 笥(sì)：盛饭食或衣物的竹器。
④ 崿(è)：山崖。

鉴赏

此诗涉及古代丧礼制度。在先秦时有臣子为君主守丧的习惯，根据《仪礼·丧服》所载，人臣为国君服最高等的斩衰三年之丧，为旧君服齐衰三月之丧。汉魏六朝时，在察举制与官员自行征辟属吏的制度下，这一丧礼传统得以延续，体现了古人对君臣之间“进人以礼，退人以礼”（《礼记·檀弓下》）的恩情的重视。

鲍照的生平事迹，史料记载非常简略。这首诗涉及临川王刘义庆去世这一时间节点，又提到“舍耨将十龄”的具体时间，过去学者都以此为依据来推断鲍照初仕刘义庆的年份，但又有不同说法，没有定论，这是因为此诗的写作时间也尚无定论。虽然自晋代以来，朝廷屡次对为长官服丧的礼制作了规定，但人们在实践中却未必遵循。刘义庆卒于元嘉二十一年（444）正月，鲍照的服丧期究竟是多长，难以确知。

刘义庆雅好文才，鲍照起初由于出身卑微，未受重用，后献诗言志，受到赏识。为长官服丧之礼在当时并没有强制性，文人也极少在诗文中写到这一情景。而鲍照特意写了这一题材，表达了对故主的怀念。但从全诗来看，这种怀念之情的流露是非常含蓄的。因为写的是服丧结束后的情景，既然丧期已经结束，那么感情也要节哀顺变，所以诗中没有六朝悼亡题材诗文中常见的那种感叹生命流逝的沉痛之情，而主要抒写了辞官后归隐故园的平静心态。这体现了“诗”与“礼”的相通性。

整首诗歌以时间顺序，叙述诗人从守丧到归隐家乡的情景。他为君王服丧终了，怀着对过去君王厚爱的感恩之情，又想着自己即将回归田园丘壑，期盼心切。这两种感情交织在了字里行间。诗人觉得君主的恩情，自己无以为报，辞官回家时，又感到自己天爵不修。孟子称“仁义忠信”为“天爵”，与“公卿大夫”这样的“人爵”相对。这一句具有过渡性，接下来就是对平淡、自足的田园生活的描写，寄托了一种安贫乐道的精神，这实际上就是对“天爵”的修行。

诗人想到自己离开故园，将近十年，如今似乎又回到了起点。官场的一切风云变幻如梦一般，唯有这田圃、书卷，对一个士人来说才应该真正坚守。鲍照诗中所写的自己，也如古代的贫士一般，以耕读为事。时已入秋，寒风飒飒，蟋蟀悲吟，令人生愁，而诗人有着那么一种坚守，仿佛是眼前寒雾中那闪着露珠的草花，那月光下耸入云霄的崖崿，是如此美妙。他感到自己此时已远离世俗，甚至更胜于虽隐居而又关心世事的商山四皓。

秋天悲凉枯槁的气氛与优美、壮美之景浑然相融，这都是诗人自身的写照。鲍照心怀兼济，始终怀有一种建功立业的强烈渴望，因而也非常希望遭遇伯乐。此时的他却身处微贱、老病相袭，一定充满了对故主刘义庆的万分感激与深切悼念。但他在诗中又表达了一种固守穷节，远离世间烦扰的情怀。这也许是落寞中的自我宽慰，两种感情交织又碰撞着。这不仅是鲍照内心的矛盾，也是中国历代士人在坎坷的人生道路上，在面临出、处的抉择时，所共有的心境。

（冯坚培）

望　水

原文

刷鬓[①]垂秋日，登高观水长。
千涧无别源，万壑共一广。
流驶[②]巨石转，湍[③]回急沫上。
苕苕[④]岭岸高，照照[⑤]寒洲爽。
东归难忖恻，日逝谁与赏。
临川忆古事，目孱千载想[⑥]。
河伯自矜大，海若沉渺莽。[⑦]

注

① 刷鬓：梳鬓。《释名·释首饰》："刷，帅也，帅发长短，皆令上从也。亦言瑟也，刷发令上瑟然也。"又《文选·嵇康〈养生论〉》："劲刷理鬓，醇醴发颜，仅乃得之。"李善注："《通俗文》曰：所以理发，谓之刷也。"吕向注："劲刷，谓梳也。"

② 驶：疾。

③ 湍：急流。

④ 苕（tiáo）苕：高耸之貌。

⑤ 照照：光明的样子。《淮南子·俶真训》："弊其元光，而求知之于耳目，是释其炤炤而道其冥冥也，是之谓失道。"又《荀子·儒效》："炤炤兮其用知之明也。"杨倞注："炤炤，明见之貌。'炤'与'照'同。"

⑥ 孱：弱，小。目孱千载想，犹言想到上下千年之事，更觉出自己的卑微渺小。

⑦ 河伯：传说中的河神。　海若：传说中的海神。《庄子·秋水》："秋水时至，百川灌河，泾流之大，两涘渚崖之间，不辩牛马。于是焉河伯欣然自喜，以天下之美为尽在己。顺流而东行，至于北海，东面而

视,不见水端。于是焉河伯始旋其面目,望洋向若而叹……北海若曰:'井鼃(蛙)不可以语于海者,拘于虚也;夏虫不可以语于冰者,笃于时也;曲士不可以语于道者,束于教也。今尔出于崖涘,观于大海,乃知尔丑,尔将可与语大理矣。'" 渺莽:辽阔无际之貌。

鉴赏

此诗是鲍照晚年的作品。全诗采用三段式结构:

首句"刷鬓垂秋日,登高观水长"是第一个层次,引出登高望水的主题,交代望水的时间和地点。以一句起题,直达核心,起得极为轻便迅捷。所难解者,唯"垂秋日"之"垂"字。按"垂"本有接近之意,按此解,则"垂秋"为近秋之意,其意可通,但除本诗外,未见有其他相同用法。又按下句"登高观水长","垂"与"观"对,则"垂"又可作动词讲,为垂挂、下垂之意。"刷鬓"为将头发向上梳拢(参注释①),"垂"为鬓发下垂,按此理解,"刷鬓垂秋日"大概意谓在秋日之下,将平时向上梳的头发打开,使其下垂,暗示自由放松之意。其意亦可通。无论取哪种说法,本句交代时间、地点、人物、事件的作用都是不变的。

"千涧无别源"至"照照寒洲爽"为第二个层次,写登高所见之景。因是登高远望,故能看到水之全景。"千涧无别源,万壑共一广",已暗扣题中"望"字之意。其下"流驶""湍急"二句,写水势之疾,是动态描写。而"苕苕""照照"两句,写水边之岭岸、水中之沙洲,则是静态描写。上下动静交替,水势奔腾之壮美,与秋日洲岭之静美熔于一炉,而一“爽”字又于视觉之外交代出体感，足以见出作者写景之功力。

“东归难忖恻”至末尾为第三个层次，写登高望水引起的人生感悟和哲思。“东归难忖恻”，写川水东流，暗示生命的大势不可扭转，但生命的具体结局却难以预料。“日逝谁与赏”，写心中深刻的孤独。“临川忆古事，目孱千载想”写追思上下千年之后生出的渺小感。“海若沉渺莽”则又写真正具有深广胸怀的人所应具有的人生态度。水流千川，东归大海，诗歌末尾所用的河伯与海若的典故，实已暗含着对上文“东归难忖恻”的回答。

鲍照诗赋，甚爱用《庄子》中典故，鲍照所处的时代，正是道家思想盛行之时，这本身并不难理解。但鲍照的超妙之处，是没有坠入玄言诗纯用抽象之语表达道家哲理之思的恶境。鲍照的诗歌当中，虽也包含着道家的思想，但其都是借助文学意象以及文学语言来表达的，故在表达哲理的同时，仍能使诗歌保持着动人的力量。仅就这一点而论，或许鲍照才是庄子文学精神的真正继承者。清人贺贻孙曾评价鲍照：“明远与颜、谢同时，而能独运灵腕，尽脱颜、谢板滞之习。”（《诗筏》）颜、谢之诗，相较于玄言诗，已是一大进步，然其犹有绮靡繁富之弊。鲍照能以慷慨豪迈之才，于二者之外开一流利俊逸之诗风，亦无怪乎其能与谢灵运、颜延之并称“元嘉三大家”了。

（刘竞飞）

望孤石

原文

江南多暖谷，杂树茂寒峰。
朱华抱白雪，阳条熙朔风。
蚌节流绮藻，辉石乱烟虹。
泄云去无极，驰波往不穷。
啸歌清漏毕，徘徊朝景终。
浮生会当几，欢酌每盈衷。

鉴赏

“孤石”位于鄱阳湖入江口，后世称“大孤山”，其形似鞋，故又名“鞋山”。鄱阳湖吞吐大江之处，这么一座石山独耸于浩渺的水面上，开阔而壮观，为当地之胜景，且又处于水路交通要道上，羁旅、游览之人多所经过，故自南朝以来，文人留下了许多吟咏孤石的诗篇。鲍照一生多次往来长江上下，途经彭蠡湖口。元嘉十六年(439)，临川王刘义庆为江州刺史，镇浔阳，次年离任。鲍照为其僚属，也随之在江州，游览了当地的名胜，留下了许多诗篇。对于这首诗歌，详玩诗意，也是写游赏之乐，而不是行旅仓促而过，故当依照钱仲联、丁福林等学者的共同看法，将其系于元嘉十六年。

孤生之石，是士大夫卓尔不群的人格的象征。南朝诗人咏鄱阳湖孤石之作，多寄托此意，如梁代朱超《咏孤石诗》:“虽言近七岭，独立不成群。”陈代高丽定法师《咏孤石诗》:“独拔群峰外，孤秀白云中。”而鲍照此诗对这种精神的表达，更为含蓄。诗歌首二联描绘了孤石所生的环境，作为烘托。孤石独立烟波，地近匡庐。江南之山林，冬夏长青，仿佛山中蕴藏着暖气，寒冬之节，孤峰之上仍一片苍翠，又盛开着鲜艳的红花，去拥抱白雪，向阳的枝条在寒风中焕发光彩。此情此景，让人想到了屈原笔下那生长在南国的橘树、桂树，隆冬不凋，又像左思诗中的隐士所居之地:“白云停阴冈，丹葩曜阳林。”以华美的意象含蓄地寄托了高洁的品性。

第三联正面描写孤石，由于采用了暗喻，因而意象显得朦胧而变幻多姿。诗中的孤石之貌，显现着锋棱，仿佛是螺蚌之节，流光溢彩。嶙峋之石耸立天际，在阳光的照耀下，让人分不清是山峰还是如烟的彩虹。鲍照以短短十字写孤石，勾画出海市蜃楼一般的景象。孤石的形象，华藻之下显露着锋芒，这何尝不是鲍照人格与文格的体现?

这一联写静立的山峰，以动写静，动静结合，用动词“流”状其文彩，气韵生动，在篇章结构上，也使诗歌很自然地过渡到下联对流云、驰波的描写上。鲍照从这一片孤峰往外，上至天穹，下及于波涛，展现出一幅壮阔的图景，也凸显了孤石之“孤”。而云、水之流动不息，正是宇宙间万物迁逝的体现。诗人对此感慨万千,吟咏啸歌,踌躇玩赏,以至漏尽日暮。他在这变动不居的景色中感到人生短暂,独自饮酒时,似乎有种乐天知命的轻松。周围的一切瞬息万变,唯有那孤石,亘古不变,天地、人世乃至个人的生命,都应当有种不变的东西在内,因而生命也就有了意义,值得坚守。但在天地间,这孤石又显得如此渺小,人世间的成败毁誉如过眼云烟,而孤石却将永远承受这一切的吹打。这又如何不令人惆怅?

(冯坚培)

玩月城西门廨中

原文

始出西南楼，纤纤如玉钩。
末映东北墀，娟娟似蛾眉。
蛾眉蔽珠栊，玉钩隔琐窗。
三五二八时，千里与君同。
夜移衡汉落，徘徊帷户中。
归华先委露，别叶早辞风。
客游厌苦辛，仕子倦飘尘。
休澣自公日，宴慰及私辰。
蜀琴抽白雪，郢曲发阳春。
肴干酒未阕，金壶启夕沦。
回轩驻轻盖，留酌待情人。

鉴赏

这是一首赏月诗。宋孝武帝孝建年间，诗人在秣陵县(今江苏南京市江宁区)县令任，秋日于城西门官署中赏月而作此，记叙赏月情景以及由此而引起的对漂泊不定的仕宦生活的厌倦情绪。

首六句是第一段，追叙诗人一直在望月，不但望日望月，新月时也在望，怀人之思深矣。“始出西南楼，纤纤如玉钩”,“纤纤”,细小柔弱的样子,二句写新月初生,细小弯曲而柔弱娇美,如玉钩般晶莹剔透的月牙,开始出现在西南楼的方向。以下又以“末映东北墀,娟娟似蛾眉”二句承接上文,继续写新月的将落。“墀”,指台阶,“蛾眉”,蚕蛾的触须,弯曲而细长,形如人的眉毛,古时因此用来比喻美女长而弯曲的眉毛。此二句说新月将落时,那弯曲细长而娟美的新月转而照射在东北面的台阶上。以下二句则总写新月,“珠栊”,珍珠装饰的窗户,“琐窗”,带有连琐花纹的窗户。初生新月光线柔和微弱,所以似乎被带有珠饰和琐形花纹的窗帘所遮隔。这里“蛾眉蔽珠栊,玉钩隔琐窗”二句,把无形之光线当作有形之物体来写,形象生动而富有实体感。这种以实写传虚景的手法,把初生新月娟美柔弱、犹如病态美人婀娜多姿的形态细腻传神地活现了出来,给读者留下了许多可以想象的审美空间,取得了良好的审美效果。

中间六句是第二段,写眼前月圆的实景。“三五二八夜,千里与君同”,笔锋一转,由初生新月写到望日之月。“三五”“二八”,农历十五、十六两日,古人以月小十五,月大十六为望日,月最圆。读至此,方使人悟到以上六句所写是追叙,其目的正是以新月和眼前望日之月作对比。新月光线柔弱,恐难以照远,不能和远方的“情人”共赏,而今正是月圆光满之时,正好与对方隔千里而共度此良宵。引出怀人之思,为下文的厌倦客游生活埋下伏笔。“夜移衡汉落”，承上继续写眼前景，并交代时间。“衡”，玉衡，此指北斗星，“汉”，天汉，即银河。北斗星转换了方向，银河众星也逐渐稀疏，表示夜已很深，交代赏月已久。“徘徊帷户中”，笔锋又转到玩月，写月光缓慢地照进屋中。此句又一次采用了以实写传虚景的手法，把月光的移动比作人的徘徊，富于感情色彩，也暗示了诗人当时的忧愁心绪。“归华”二句，转写月光照射下的官廨中残花败叶景象，并由花叶的过早为风露所摧残凋零，转而进一步引起下文的身世之感和对现实状态的忧怨。“归华先委露，别叶早辞风”，对仗工整，平仄协调，可谓律诗佳联。

诗后十句是第三段。“客游厌苦辛”二句，是由上文的残花败叶的凄凉景象转到自身倦于客游仕官生活的感受，过渡自然和谐。由于厌倦了这种如飘尘般的不稳定生活，所以诗人自然而然地闪现出“休澣自公日，宴慰及私辰”的想法。“休澣”，即休沐，指古代官员的例假；“自公”，用《诗经·召南·羔羊》的“退食自公”意，指从公务中退出。二句说乘这公务繁忙之后的休假日及时地休息宴饮。“宴慰及私辰”句比较巧妙，既照应了题目的玩月，又自然地向下文的写赏月时的宴饮过渡。

“蜀琴抽白雪，郢曲发阳春”，承接上文“宴慰”。“蜀琴”，蜀地的琴，司马相如善弹琴而居蜀，所以有此称；“白雪”“阳春”，歌曲名。此二句写赏月时用优美动听的音乐来娱悦身心，消除不快。同时又暗用宋玉《对楚王问》“客有歌于郢中者,其为《阳春白雪》,国中属而和者,不过数人”之典,表示自己志趣洁白高尚,知音者少,照应上文“千里与君同”,又为结尾的“留酌待情人”埋下伏笔,具有多重作用。“肴干酒未阕,金壶启夕沦”,仍就眼前而说,上句说玩月而饮,肴菜已尽而饮兴正浓;下句照应“夜移衡汉落”。“金壶”,即铜壶,又名漏,是古代的一种计时工具,此说上面铸有金人的夜漏已尽,天色将明,又一次交代时间。末二句承“启夕沦”,写天色将明而不得不结束这次的赏月,但临行而又止,欲留下来等待与“情人”共饮。表示对玩月之夜的无限留恋和对知音的深切怀念,与“千里与君同”相呼应,发人深思,余味无穷。

本诗遣词造句形象生动,特别是前二段,把新月初生的灵幻光景和公廨处景物描绘逼肖。钟嵘《诗品》说鲍照“善制形状写物之辞”,又说他“贵尚巧似”,此诗可算是典型的例子。此外,本诗风格清丽柔弱,在诗人“操调险急”(萧子显《南齐书·文学传论》)、“如饥鹰独出,奇矫无前”(敖陶孙《诗评》)的总体风格中可算是别具一格的作品,但后代有人把它和宫体诗相提并论,却显然是失之偏颇的过激之辞。

(丁福林)

文

芜城赋

原文

沵迆平原[1],南驰苍梧涨海[2],北走紫塞雁门[3]。柂以漕渠[4],轴以昆冈[5]。重江复关之隩[6],四会五达之庄[7]。当昔全盛之时[8],车挂轊[9],人架肩[10],廛闬扑地[11],歌吹沸天[12]。孳货盐田[13],铲利铜山[14]。才力雄富,士马精妍[15]。故能奓秦法[16],佚周令[17],划崇墉[18],刳浚洫[19],图修世以休命[20]。是以板筑雉堞之殷[21],井干烽橹之勤[22],格高五岳[23],袤广三坟[24],崪若断岸[25],矗似长云[26]。制磁石以御冲[27],糊赪壤以飞文[28]。观基扃之固护[29],将万祀而一君[30]。出入三代五百余载[31],竟瓜剖而豆分[32]。

泽葵依井[33],荒葛罥涂[34]。坛罗虺蜮[35],阶斗麏鼯[36]。木魅山鬼[37],野鼠城狐[38]。风嗥雨啸[39],昏见晨趋[40]。饥鹰厉吻[41],寒鸱吓雏[42]。伏虣藏虎[43],乳血飧肤[44]。崩榛塞路[45],峥嵘古馗[46]。白杨早落,塞草前衰[47]。稜稜霜气[48],蔌蔌风威[49]。孤蓬自振[50],惊沙坐飞[51]。灌莽杳而无际[52],丛薄纷其相依[53]。通池既已夷[54],峻隅又已颓[55]。直视千里外,唯见起黄埃。凝思寂听,心伤已摧[56]。

若夫藻扃黼帐[57],歌堂舞阁之基[58],璇渊碧树[59],弋林钓渚之馆[60],吴蔡齐秦之声[61],鱼龙爵马之玩[62],皆薰歇烬灭[63],光沉响绝。东都妙姬[64],南国丽人,蕙心纨质[65],玉貌绛唇,莫不埋魂幽石,委骨穷尘[66],岂忆同舆之愉乐,离宫之苦辛哉[67]？

天道如何，吞恨者多[68]，抽琴命操[69]，为芜城之歌。歌曰：边风急兮城上寒，井径灭兮丘陇残[70]。千龄兮万代，共尽兮何言[71]！

注

① 沵(mǐ)迆(yǐ)：开阔平坦貌。
② 苍梧：汉苍梧郡，在今广西壮族自治区苍梧县一带。涨海：南海的别称。
③ 紫塞：指长城。雁门：汉代郡名。在今山西省代县一带。这里是写广陵平原南北所通极远。
④ 柂(tuó)：通"舵"，引，运输。漕渠：运河。
⑤ 昆冈：也叫阜冈，又名广陵冈。广陵城筑于其上。轴以昆冈：指广陵冈居广陵平原的中心，如同车轴控制着车轮一样。
⑥ 重江复关：指江关多。隩(ào)：同"澳"，河岸弯曲的地方。
⑦ 四会五达：指四方会集、道路四通八达。
⑧ 当昔：从前。全盛之时：广陵城全盛之时。李善注："全盛，谓汉时也。"
⑨ 车挂轊(wèi)：车轴相撞。
⑩ 人架肩：人肩相摩擦。
⑪ 廛(chán)：市民居住的区域。闬(hàn)：里门。扑：遍及，到处都是。
⑫ 歌吹：唱歌吹奏的音乐之声。
⑬ 孳货盐田：有盐田可以滋生财富。孳(zī)：通"滋"，滋生，增长。
⑭ 铲利铜山：开采铜矿可以获利。铲：同"产"，生产。此句与上句互文。
⑮ 才：同"材"。妍(yán)：美丽。
⑯ 奓秦法：越出秦代法制。奓：同"侈"。
⑰ 佚周令：超过周朝法令。佚：通"轶"，超越。这是指汉代吴王刘濞在广陵建都时所为。
⑱ 划崇墉：指建筑高高的城墙。

⑲ 刳(kū)浚(jùn)洫(xù)：挖凿深深的护城河。洫：沟。

⑳ 图：计划,图谋。修：长。休：美。李善注引《春秋元命苞》曰："命者,天之命也。"

㉑ 板筑：在两板中间填土夯实。雉(zhì)堞(dié)：泛指城墙。雉：城墙高一丈,长三丈叫一雉。堞：城上端的女墙。殷：盛,多。

㉒ 井干：楼名,汉武帝时筑,这里泛指高大城楼。烽：烽火台。橹(lǔ)：城上的望楼。勤：劳。此句"勤"与上句"殷"互文。

㉓ 格：指高度。五岳：参《海赋》注。

㉔ 袤(mào)：指宽度。三坟：出处不详,亦不知所指。

㉕ 崪(zú)：险峻。断岸：陡峭的河岸。

㉖ 矗似长云：高高耸立,仿佛天上长云。

㉗ 制磁石以御冲：用磁石做门,以防备带兵器的人冲入。

㉘ 赪(chēng)壤：赤色的泥土。文："纹"的古字,指墙上的图案。

㉙ 扃(jiōng)：自外关闭门户用的门闩、门环之类。固护：坚固的防护设施。

㉚ 祀：年。

㉛ 三代：指汉、魏、晋。载：年。

㉜ 瓜剖而豆分：言广陵城的崩裂毁坏。瓜剖、豆分皆比喻分裂。

㉝ 泽葵：水葵,莓苔一类的植物。

㉞ 葛：藤蔓植物。罥(juàn)：挂绕。涂：同"途"。

㉟ 坛：堂。罗：列。虺(huǐ)：毒蛇。蜮(yù)：传说一种能含沙射人影的动物,也称"短狐"。《广雅·释虫》："蝼蜮,蝼蛄也。"王念孙疏证认为是指蝼蛄一声之转。这里言堂列虺蜮,可能也是指蝼蛄一类的虫子。

㊱ 麏(jūn)：獐,形似鹿而小。鼯(wú)：即鼯鼠,亦名飞鼠、狖等。

㊲ 木魅(mèi)：木石之怪。

㊳ 野鼠城狐：野外及城墙中的老鼠和狐狸。

㊴ 风嗥(háo)雨啸：在风雨中嗥叫。嗥：野兽的叫声。

㊵ 昏见(xiàn)晨趋：谓鬼怪出没于晨昏之时。趋：快步走。

㊶ 厉吻：磨嘴。厉：通"砺"。

㊷ 鸱(chī)：鹞鹰。吓(hè)：鸟兽类发出的威胁、发怒的声音。雏：幼鸟。

㊸ 虣(bào)：古"暴"字,指猛兽。李善注："'虣'或为'虦(hán)'。《尔

雅》曰：‘虪，白虎。’”

㊹ 乳血飧(sūn)肤：以血为乳，以肤为食，即饮血食肉。飧：晚饭。

㊺ 崩榛(zhēn)：枯萎倒下的丛生草木。

㊻ 峥嵘：深暗貌。馗(kuí)：同“逵”，大道。

㊼ 塞草：城垣上的草。李善注曰：“塞或为寒。”

㊽ 稜(léng)稜：严寒貌。稜：同“棱”。

㊾ 蔌(sù)蔌：风势猛烈貌。

㊿ 孤蓬自振：蓬草自己飘荡。振：震颤，飘零。

51 惊沙：乱沙。坐飞：李善注：“无故而飞曰坐飞。”

52 灌莽：丛生的草木。杳：深幽貌。

53 丛薄：草木丛生杂处。薄：草木杂生。纷：乱。

54 通池：又宽又深的护城河。夷：平，这里指被填平了。

55 峻隅：高峻的城墙。颓：崩坏，倒塌。

56 凝思寂听：思想停滞、听力失灵。摧：伤心到了极点，犹断肠。

57 藻扃：雕绘着水草花纹的门。黼(fǔ)帐：绣花帷帐。

58 基：处所，地方。

59 璇渊：玉池。

60 弋(yì)林：射鸟之处。渚(zhǔ)：水中的小块陆地，这里指赏鱼处。

61 吴蔡齐秦之声：泛指各地的音乐。

62 鱼龙爵马之玩：指各种玩好、技艺。爵：通“雀”。

63 薰：香气。烬(jìn)：火烧剩下的木渣。

64 东都妙姬：洛阳丽人。这里泛指美女。

65 蕙心：心灵洁美如兰蕙。纨质：体质轻美如纨素。

66 委：弃。

67 离宫：皇帝的行宫。

68 吞恨：含恨，抱恨。

69 命操：谱曲。

70 井径：田间小路。

71 共尽：指人皆有一死。

鉴赏

芜城即广陵(今江苏扬州)。它作为淮左名都，从西汉初年吴王刘濞在此建都以来,地方经济有了发展;在南北朝初期,成为了南北交通枢纽,最为富盛。但在宋文帝末,却在十年中间先后两次遭到严重破坏。先是元嘉二十七年(450)十二月,魏太武帝拓跋焘率军追击大败南逃的宋军,在回军路上,曾在广陵地区大肆屠戮:“丁壮者即加斩截,婴儿贯于槊上,盘舞以为戏。春燕归巢于林木。”(《资治通鉴·宋纪八》)接着是大明三年(459),宋孝武帝刘骏的弟弟竟陵王刘诞(时任南兖州刺史)据广陵反叛,刘骏派沈庆之领兵进攻。城破后,下诏广陵城中士民无大小,悉命杀之,经沈庆之请,五尺童子以下得以保全,其余男子皆死,丁壮被杀者有三千多人。不到十年,经过这两次战乱,广陵繁华荡尽,庐舍丘墟,凄惨荒凉。大明三年,鲍照正客江北,刘诞乱平不久,他即来到广陵。时创痕犹新,血迹尚在,他目睹惨状,悲从中来,感发而为《芜城赋》。因为重点是写荒凉了的广陵,所以称为“芜城”。这就是这篇赋的创作背景。全文可分为三段。

第一段,写广陵的地理形势,昔日的繁华以及城池的兴废。开头至“四会五达之庄”是这一段的第一层。广陵城深藏在纵横交会的江河关口之间,交通极为便利,四通八达的大道与各地相连。寥寥数语,就将这座名城的地理轮廓,简要地勾画了出来。从“当昔全盛之时”到“竟瓜剖而豆分”为这一段的第二层,描写广陵昔日的繁华以及城池的兴废。首句以“当昔全盛之时”领起,接着描绘广陵街市熙熙攘攘喧嚣热闹的情景。歌乐之声,响入云霄,一派都会的繁华景象。广陵的财力雄富天下,煮海为盐,开山采铜,是它的两大经济命脉。"故能"以下写城池的兴建。由于广陵物产丰饶,人才济济,客观条件相当优越。所以,城市的建置,超过了周、秦法令制度规定的规模,城墙坚实高大,城池既阔又深。从"是以"起,具体描绘广陵城的建造情形。城池建造得非常坚固,无怪乎一些君主以为可以子孙万代,长保富贵了。谁知从刘濞筑城算起,仅仅经过汉、魏、晋三代,不过五百余年,竟然崩颓毁坏得不成样子。末三句笔力遒劲,急转直下,既收束了上文,又自然地过渡到下文。

第二段写广陵昔日的繁华荡尽无遗。它和第一段的第二层紧相呼应。那里主要是从广陵的城市建置和市人的生活来描画广陵的繁华,这里则从这两方面来展现它的荒芜。从"泽葵依井"到"心伤已摧"是第一层,描绘作者登城时见到的荒凉残破的景象。他先连用二十个四字句,对荒城进行细致的描绘。井边长满青苔,道路爬满葛藤,坛堂庭院也都成为怪禽异兽的场所。特别是在风雨飘潇、黄昏凌晨的时候,更可以听到鬼怪狐鼠的凄厉叫声,看到它们频繁出没。还有各种鸟兽,在这里肆其所能,争夺食物。这儿的草木,早早地就干枯零落。寒气凛冽,冷风瑟瑟,蓬草在空中飘转,沙土四处飞扬。这块禽兽的乐园实在太荒凉了。接着则用六句总写广陵城池的颓坏陈废。草木丛生，无边无际；极目千里，只有尘土漫天飞扬。这种情景，令人伤心至极！从“若夫藻扃黼帐”到“离宫之苦辛哉”是第二层，写广陵盛时的豪华生活一去不复返。以“若夫”二字领起，既紧承上文，又有更进一层的意思。华丽堂皇的殿阁，精美豪奢的装饰，供娱乐的渔猎场所，荟萃在这里的各地音乐、百戏伎艺，一切都无影无踪，永远销声匿迹了。还有后宫里来自南北各地的佳人，花容月貌，聪慧伶俐，现在都一律被葬身于九泉之下。这一段在骈偶的基础上，参差变化较大。同时，作者在夸张描写之后，用“皆”“莫不”等字词，使所写的一切都囊括无遗，笔力饱满，淋漓尽致。

第三段，抒发作者的感慨。面对着荒芜的广陵，遥想它昔日的繁华，作者感到人世沧桑，反复无常，人们的主观愿望难以得到满足，多数只能含恨以终。他为此创作了《芜城之歌》。歌词极写广陵的隳废残破，人的凄凉悲怆的感觉，以及华屋山丘的慨叹，与前文“将万祀而一君”呼应。用几句诗来结束全文，是赋中常见的形式，作用多是抒发感慨。本文歌词的题目又为这篇赋点题，则不多见。

这篇赋作于广陵两次战乱以后，其“废池乔木”的荒凉景象是作者亲眼所见。它不是一般意义上的登临览胜吊古之作，而主要是一篇抚迹生悲、感事伤时的现实主义作品。何焯说此赋是针对刘骏剿杀刘诞的内乱，“照盖感事而赋也”（《义门读书记》）。近代的林纾也说：“文不敢斥言世祖（刘骏）之夷戮无辜，亦不言竟陵（刘诞）之肇乱，入手言广陵形胜及其繁盛,后乃写其凋敝衰飒之形,俯仰苍茫,满目悲凉之状溢于纸上,真足以惊心动魄矣。”(《林纾评点古文辞类纂》)都指出了这一点。广陵在当时是江北重镇,它的盛衰可说是国家兴亡的缩影。痛惜它的衰落,无疑寄寓着作者对国家前途命运的深刻隐忧,这就是此赋的主旨所在。

《芜城赋》是一篇历来传诵的名作。此赋的艺术特色首先是对比手法的运用。赋的作意是痛惜广陵的荒凉残破,但并未直接落笔,而是先描绘一番昔日“全盛之时”的繁盛情形,为下文写荒芜蓄势,然后提笔一转,折到写当今上来。这样,一盛一衰的两种情景紧紧扣合,形成强烈的对照。清人许梿说:“从盛时极力说入,总为‘芜’字张本,如此方有势有力。”(《六朝文絜笺注》)可说是深有会心,十分精到的评论。此外,第二段极力夸张形容昔日的统治者豪华奢侈的生活,而以“皆薰歇烬灭,光沉响绝”,“莫不埋魂幽石,委骨穷尘”等语一一给予全盘抹倒,昔盛今衰的对比效果也是很强烈的。

夸张手法的运用是此赋的又一特色。赋中写盛时“车挂轊,人驾肩,廛闬扑地,歌吹沸天”;衰时“白杨早落,塞草前衰”,“直视千里外,唯见起黄埃”等很多句子,无不都是极尽夸张形容之能事的。清人姚鼐说:“驱迈苍凉之气,惊心动魄之辞,皆赋家之绝境也。”(《古文辞类纂》)他是体会到了这一点的。文中的极意夸张,将盛衰之间的悬殊拉大到了顶点，因而使得对比效果达到了极致。所以，赋中的对比和夸张紧密结合，夸张又是为对比服务的。

借景抒情，情景交炼，也是此赋的艺术特色。不管是写广陵的繁盛还是它的衰落，作者都是以饱含着感情的笔调写的。他不仅善于将描绘景色和直接抒情相配合，而且善于在行文中选炼恰当的字词，以加强感情色彩的表达。如“观基扃之固护，将万祀而一君”，“竟瓜剖而豆分”，“直视千里外，唯见起黄埃”，“岂忆同舆之愉乐，离宫之苦辛哉”，等等，都是这样的例子。另外，作者在命题立意上也颇具匠心。文中的一切描写莫不是为了表现一个“芜”字，而它又处处切合“城”字，没有一点多余的笔墨，十分精警洗练。正是因为鲍照这篇赋太出名了，后人竟以“芜城”作为广陵的别称。获得如此巨大成功的作品，在文学史上是不多见的。

（李廷先　王锡九）

登大雷岸与妹书

原文

吾自发寒雨，全行日少。加秋潦浩汗，山溪猥至，渡溯无边，险径游历，栈石星饭，结荷水宿，旅客贫辛，波路壮阔，始以今日食时，仅及大雷。涂登千里，日逾十晨。严霜惨节，悲风断肌，去亲为客，如何如何！

向因涉顿，凭观川陆；遨神清渚，流睇方曛；东顾五洲[①]之隔，西眺九派[②]之分；窥地门[③]之绝景，望天际之孤云。长图大念，隐心者久矣！

南则积山万状，负气争高，含霞饮景，参差代雄，凌跨长陇，前后相属，带天有匝，横地无穷。东则砥原远隰，亡端靡际。寒蓬夕卷，古树云平。旋风四起，思鸟群归。静听无闻，极视不见。北则陂池潜演，湖脉通连。苎蒿攸积，菰芦所繁。栖波之鸟，水化之虫[④]，智吞愚，强捕小，号噪惊聒，纷乎其中。西则回江永指，长波天合。滔滔何穷，漫漫安竭！创古迄今，舳舻相接。思尽波涛，悲满潭壑。烟归八表，终为野尘[⑤]。而是注集，长写[⑥]不测，修灵浩荡[⑦]，知其何故哉！

西南望庐山，又特惊异，基压江潮，峰与辰汉[⑧]相接。上常积云霞，雕锦缛，若华[⑨]夕曜，岩泽气通，传明散彩，赫似绛天。左右青霭，表里紫霄[⑩]。从岭而上，气尽金光，半山以下，纯为黛色。信可以神居帝郊[⑪]，镇控湘、汉者也。

若深洞[12]所积，溪壑所射，鼓怒之所豗[13]击，涌澓之所宕涤[14]，则上穷荻浦，下至豨洲，南薄燕爪，北极雷淀[15]，削长埤短[16]，可数百里。其中腾波触天，高浪灌日，吞吐百川，写泄万壑。轻烟不流，华鼎振涾[17]。弱草朱靡，洪涟陇蹙[18]。散涣长惊，电透箭疾。穹溘[19]崩聚，坻飞岭覆。回沫冠山，奔涛空谷。砧石为之摧碎，碕岸为之整[20]落。仰视大火，俯听波声[21]，愁魄胁息，心惊慓矣！

至于繁化殊育，诡质怪章[22]，则有江鹅、海鸭、鱼鲛、水虎之类[23]，豚首、象鼻、芒须、针尾之族[24]，石蟹、土蚌、燕箕、雀蛤之俦[25]，折甲、曲牙、逆鳞、反舌之属[26]。掩沙涨，被草渚，浴雨排风，吹涝弄翮。夕景欲沉，晓雾将合，孤鹤寒啸，游鸿远吟，樵苏[27]一叹，舟子再泣。诚足悲忧，不可说也。

风吹雷飙，夜戒前路。下弦[28]内外，望达所届[29]。寒暑难适，汝专自慎。夙夜戒护，勿我为念。恐欲知之，聊书所睹。临涂草蹙，辞意不周。

注

① 五洲：长江中相连的五处沙洲。

② 九派：郭璞《江赋》“流九派乎浔阳”。长江在江西九江一带分为很多支流，因以“九派”称这一段的长江。“九”形容其多。

③ 地门：《河图括地象》“武关山为地门”。按此为虚用，指山。

④ 水化之虫：指鱼。《说文》：“鱼，水虫也。”

⑤ 八表：八方之外，指极远的地方。野尘：《庄子·逍遥游》“野马也，

尘埃也，生物之以息相吹也”，指天地间的浮尘。

⑥ 写：同“泻”。

⑦ 修灵浩荡：屈原《离骚》“怨灵修之浩荡兮”，王逸章句“灵，神也。修，远也。浩荡，无思虑貌也”。此以神为河神，又以代指河流。

⑧ 辰汉：辰，大辰星。《尔雅》：“大辰，房、心、尾也。”汉，天河。

⑨ 若华：《淮南子·地形训》“若木在建木西，末有十日，其华（光华）照下地”，此指霞光。

⑩ 紫霄《庐山记》“山南简寂观白云峰。其间一峰，独出而秀卓，名曰紫霄峰，秦始皇曾登之，与云汉相接，因名之”。

⑪ 帝郊：言天帝所居之处。屈原《九歌·少司命》：“夕宿兮帝郊。”

⑫ 潨(cóng)洞：《说文》“小水入大水曰潨”，又：“洞，疾流也。”

⑬ 豗(huī)：撞击。

⑭ 澓(fú)：水洄流。宕涤：同“荡涤”。

⑮ 荻浦、豨洲、燕肵（即“派”字）、雷淀：未详。疑均为小地名。

⑯ 削长埤短：埤，增益。《战国策·秦策一》：“今秦地断长续短，方数千里。”

⑰ 涾：水沸溢。“华鼎振涾”句谓彭蠡湖浪花飞腾，如水沸于鼎中。

⑱ “弱草”二句：朱，同“株”，指草茎。靡，披靡，示草为水淹没。洪涟，大波纹。陇蹙，形容高浪前后相迫近如丘陇相蹙。

⑲ 穹溘：大浪。穹，大。溘，水。

⑳ 韲(jī)：原意为切成细末的咸菜。此指细碎。

㉑ “仰视”二句：大火，即火星。东方朔《七谏·自悲》：“观天火之炎炀兮，听大壑之波声。”王逸注：“言已仰观天火，下睹海水，心愁思也。”本文两句意本此。

㉒ 诡质怪章：奇异的躯体，怪诞的外表。

㉓ 江鹅：《本草》引《释名》“鸥者浮水上，轻漾如沤也，在海者名海鸥，在江者名江鸥，江夏人讹为江鹅也”。海鸭：《金楼子》“海鸭大如常鸭，斑白文，亦谓之文鸭”。鱼鲛：《山海经·中山经》“荆山，漳水出焉，而东南流注于雎，其中多鲛鱼”，郭璞注：“鲛，鲋鱼类也，皮有珠文而坚，尾长三四尺，末有毒，螫人。”水虎：《襄沔记》“沔水中有物，如三四岁小儿，甲如鳞鲤，秋曝沙上，膝头如虎掌爪，常没水，名曰水虎”。

㉔ 豚首：郭璞《江赋》“鱼则江豚海豨”，注引《南越志》曰：“江豚似猪。”

象鼻：《隋书·真腊传》"海中有鱼名建同，四足无鳞，其鼻如象，吸水上喷，高五六十尺"。芒须：《太平御览》卷九四三引王隐《晋书》"吴后置广州，以南阳滕脩为刺史。或语脩虾长一丈，脩不信。其人后故至东海取虾，须长四五尺，封以示脩，脩乃服"。针尾：《太平御览》卷九四〇引沈怀远《南越志》"鱌鱼似鯸鮧尾上有刺，如棁树刺也"。

㉕ 石蟹：傅肱《蟹谱·总论》有"明（明州，今浙江宁波）越（越州，今浙江绍兴）溪涧石穴中，亦出小蟹，其色赤而坚，俗呼为石蟹"。土蚌：《说文》：蚌，蜃属。段玉裁注："珠出于蚌。"燕箕：《兴化县志》："魟鱼头圆秃如燕，其身圆褊如簸箕，又曰燕魟鱼。"雀蛤：《礼记·月令》："季秋之月，雀入大水为蛤。"

㉖ 折甲：《说郛》卷七六《水族加恩簿》有"鳖名甲拆翁"。曲牙：未详。逆鳞：王旻之《与琅琊太守许诚言书》记"贵郡临沂县，其沙村逆鳞鱼，可调药物"。反舌：唐陆德明《经典释文·礼记·月令》记"反舌，郑（玄）云：'百舌鸟。'蔡伯喈（邕）云：'虾蟆。'"

㉗ 樵苏：樵，砍柴。苏，取草。

㉘ 下弦：阴历每月二十三、二十四日，谓之下弦。

㉙ 望达所届：有希望抵达所要到的地方，此指江州（今江西九江）。

鉴赏

这是用骈文形式写的一封书信，约写于元嘉十二年（435）秋后。这年鲍照二十岁，他当时刚刚做了临川王刘义庆的王国侍郎，初次离开在建康（今江苏南京）的家随临川王往江州（今江西九江）赴任，乘船溯江而上，途经大雷口（在今安徽安庆市望江县境内长江边上）时，给妹妹鲍令晖写了这封家信。信中主要描写作者旅途的见闻，尤以刻画山川形胜见长，在模山范水之中，隐含着作者郁结在心中的激昂之气与"长图大念"，实为借景抒怀之作。

全文可分七段。从首句到“如何如何”为第一段，写旅途的风霜之苦。作者冒着寒雨出发，所以能整日行船的日子不多，加上秋涝时江水上涨，山溪暴发，又是逆流而上，困难不言而喻。“栈石星饭，结荷水宿”“严霜惨节，悲风断肌”数句，概括地写出了旅途的苦辛，离开亲人，漂泊羁旅，心里很不是滋味。“如何如何”一句，写出了“去亲为客”的苦况和一言难尽的旅情。

从“向因涉顿”至“隐心者久矣”为第二段，写途中止泊之机留心观赏川陆风景。“东顾”以下四句，写景视野开阔，境界恢闳，表现出作者阔大的胸怀。“长图大念，隐心者久矣”，是借山川写自己的抱负，“长图大念”，就是雄心壮志。那烟波浩渺的长江隔五洲、流九派的雄姿，那地门（代指山）的绝景，天际的孤云，引起他对祖国大好河山的热爱，激发起他久藏心中的“长图大念”。此段写得很有气势，是篇中写景的总纲。

从“南则积山万状”到“知其何故哉”为第三段，此段全为写景文字。作者用散点透视之法，写四面所见之景，犹如电影摄影师，换转镜头由南而东而北而西转了一周，不断变换着画面。南则侧重写山，“积山万状，负气争高，含霞饮景，参差代雄”四句，将山拟人化，运意深刻。那千姿万状的山峰，好像含着彩霞，饮着阳光似的；那犬牙相错的群峰，也好像在互相更替着逞雄称霸。这样描写，可说是将寂静的群峰写活了。实际上，写山的负气争雄，正是写自己的雄心壮志。鲍照虽出身寒贱,但并不甘居人下。他在“贡诗言志”之前,对朋友说过自明心志的话:“千载上有英才异士沉没而不闻者,安可数哉!大丈夫岂可遂蕴智能,使兰艾不辨,终日碌碌,与燕雀相随乎?”(《南史·鲍照传》)可见,他的“长图大念,隐心者久矣”。下文写东望之景,又是一种手法。鲍照的旅程由东往西沿江溯流而上,他用回顾的方法,写东望的一派平川,愈远愈低,远远望去,无边无际。“寒蓬夕卷,古树云平”都是远望之情,略带秋冬之际的衰飒气氛。“旋风四起,思鸟群归”两句,以归林的群鸟,象喻自己羁旅思乡之情。写北望的景物,着重描写大小水泽之间水脉相连,以及水陆的出产。在描写动植物的生存竞争时,用“智吞愚,强捕小,号噪惊聒,纷乎其中”这几句,象喻人世的尔虞我诈、弱肉强食和尘嚣的纷杂,寓意深婉。写西望之景,重点是写长江的浩浩荡荡,长波天合,江中舟船相连,往来不绝。“思尽波涛,悲满潭壑”二句,以沉郁的语言,写出胸中的波澜与悲思。上文所写的东西南北之景,各具特色,绝无雷同,而且寄慨遥深,又多用拟人化的方法来写山川、动、植,以我观物,赋予物以人的感情,故读之使人觉得字里行间自有一种昂藏之气,溢于言表。

自“西南望庐山”至“镇控湘、汉者也”为第四段,转笔写庐山风景,是全篇写景最优美的文字,也最为脍炙人口。“基压江潮”两句,写庐山的雄姿,山脚压着江水,峰顶上接霄汉。“积云霞，雕锦缛”等句，色彩奇丽，辉映的晚霞夕霏，山间与水上的烟云之气，烘托、映衬出庐山的秀色。“从岭而上，气尽金光，半山以下，纯为黛色”数句，写出了庐山不同层次的美色，色彩鲜明，绘景如画。许梿评此段描写说：“烟云变灭，尽态极妍，即使李思训数月之功，亦恐画所难到。”(《六朝文絜笺注》)此论十分精到。

从“若潨洞所积”至“心惊慓矣”为第五段，写长江及在九江附近汇集的众水波浪奔腾的景象。其中“腾波触天，高浪灌日，吞吐百川，写泄万壑”等句，惊涛骇浪，恍然在目。下文写波浪崩散的种种惊人之状，来势之猛，如“电透箭疾”，冲击力之大，破坏力之强，简直可以把河岸冲走，把山岭冲翻，那被撞击回来的浪花，直可冲上山顶，大浪可以把河岸连同捣衣石击得粉碎，其不可阻挡之势，真令人惊心动魄。

从“至于繁化殊育”到“不可说也”为第六段，抒写览物思乡之情。这里所写的“繁化殊育”“诡质怪章”的十六种水生动物，有的实有其物，有的来自神话，有的仅举其形体的某一特点，未必实有其名。这些水生动物和鸟类，吐水拍翅，活跃在风晨雨夕之中。又由孤鹤、游鸿的吟啸，樵夫、舟子的悲叹，牵动了作者思乡的情怀，览景述事，意调悲凉。

最后一段预计抵达日期，并对妹妹鲍令晖致以关切之意。令晖很有文才，钟嵘《诗品》评其诗说：“令晖歌诗，往往崭绝清巧，拟古尤胜。”鲍照在《请假启》中自言“天伦同气，实惟一妹”，可见兄妹感情很深，故刚离家十日，他便把旅途所见所闻，写信告诉妹妹。篇末的叙述，回应题目中的“与妹书”。

这篇骈文书信，在写法上受到汉代大赋的影响，写景则分南、北、东、西；写水生动物，罗列至十六种之多，很像爱炫耀博物知识的辞赋家所为。但辞赋爱铺张扬厉，堆垛寡变，语言繁缛；鲍照的骈文则能以奇峭见长，变幻多端，加上写景优美，与汉赋迥别；语言也不同于大赋，精妙凝练，有不少可以讽诵的名句，诚如许梿所说：“句句锤炼无渣滓，真是精绝。”用这种骈体写书信，在文学史上是一大创新。吴汝纶说：“奇崛惊绝，前无此体，明远创为之。”（《汉魏六朝百三家集》评语）谭献说：“矫厉奇工，足与《行路难》并美。”（《骈体文钞》评语）这些评赏，都比较中肯。本文在写山水景物方面的成就，超过了作者的山水诗。它的问世，使鲍照在骈文史上获得了较高的地位。许梿说：“明远骈体，高视六代。文通（江淹）稍后出，差足颉颃，而奇峭幽洁不逮也。”（《六朝文絜笺注》）《登大雷岸与妹书》与《芜城赋》可以并美，是鲍照骈文中的双璧，故赢得了历代评家的交口称赞。

（刘文忠）

瓜步山楬文

原文

岁舍龙纪，月巡鸟张，鲍子辞吴客楚，指兖归扬。道出关津，升高问途。北眺毡乡，南晒[①]炎国，分风代川，揆气闽泽；四[②]睨天宫，穷曜星络，东窥海门，候景落日。游精八表，驶视四遐，超然远念，意类交横。信哉！古人有数寸之籥，持千钧之关，非有其才施，处势要也。瓜步山者，亦江中眇小山也，徒以因迥为高，据绝作雄，而凌清瞰远，擅奇含秀，是亦居势使之然也。故才之多少，不如势之多少远矣！

仰望穹垂，俯视地域，涕洟[③]江河，疣赘丘岳。虽奋风漂石，惊电剖山，地纶[④]维陷，川斗毁宫[⑤]，毫发盈虚，曾未注言；况乎沉河浮海之高，遗金堆璧之奇，四迁八聘[⑥]之策，三黜五逐[⑦]之疵，贩交买名[⑧]之薄，吮痈舐痔[⑨]之卑，安足议其是非。

注

① 晒(xǐ)：看视。
② 四：当作“西”。
③ 涕洟：眼泪鼻涕。
④ 纶：当作“沦”。维：地维，古人以为地是方的，有四角，以大绳维系，故称。
⑤ 川斗毁宫：《国语·周语下》：“(周)灵王二十二年，縠、洛斗，将毁王宫。”注：“縠、洛，二水名也。洛在(洛阳)王城之南，縠在王城之北，

东入于瀍。斗者,两水激,有似于斗也。"

⑥ 四迁:《汉书·主父偃传》:"上召见,拜偃为郎中。偃数上书言事,迁谒者中郎中大夫,岁中四迁。"八聘:未详。

⑦ 三黜:《论语·微子》:"柳下惠为士师,三黜。"五逐:《列女传》:"孤逐女者,齐即墨之女,齐相之妻也。初逐女孤无父母,状甚丑,三逐于乡,五逐于里。"

⑧ 贩交:《史记·郦商传》:"其子寄,字况,与吕禄善。太尉周勃不得入北军,乃使人劫商,令其子况绐吕禄出游,勃乃得入据北军,遂诛诸吕。天下称郦况卖交也。"买名:《管子·七臣七主》:"居为非母,动为善栋,以非买名,以是伤上。"

⑨ 吮痈:《汉书·佞倖传》:"邓通为黄头郎,文帝尝病痈,通尝为上嗽吮之。"舐痔:《庄子·列御寇》:"秦王有病,召医,破痈溃痤者得车一乘,舐痔者得车五乘,所治愈下,得车愈多。"

鉴赏

宋文帝元嘉二十九年壬辰(452),鲍照三十七岁。这一年,他从南兖州(治广陵,即今江苏扬州)返回建业(今南京),途经瓜步山而作此文。瓜步山在今江苏南京市六合区境内,东临长江,六朝时是长江的重要渡口。"楬"(jié)是用作标志的小木桩。《周礼·秋官·蜡氏》说:"若有死于道路者,则令埋而置楬焉。"而为一山作楬文,则是鲍照的独创,其写法也有创新,实际上是一篇寓言小品。

全文可分两段。从首句至"才之多少,不如势之多少远矣"为第一段。"岁舍龙纪",表示岁次在辰年。"月巡鸟张"即月份在五月。"辞吴客楚"指作者的行程将由苏南而客居江北。"指兖归扬",表示其旅程是从南兖州(治所在今江苏镇江)而至扬州。前四句指示了作品系年的线索。

下文写登上瓜步山，向北可眺望北陲的毡帐之乡，往南可瞭望南疆的炎热之地，还可感受到代北山川和闽地水乡的风气。向西瞧，可看到闪闪群星的宫位；向东望，可窥见镇江焦山附近的海门山，观赏风景一直等候到夕阳西落的时刻。作者游神于八表之外，疾视于四远之处，超然遐想，感慨万端。以上所写景物，视野开阔，语含夸张，多非实景；有些景物，非目力所及，带有视通万里的想象成分。实际上，作者并非着意写景，而是由景及情，借题发挥，引入自己的议论。“信哉”以下的议论，是此文最重要的部分，也是全文的题旨。在过渡到正题议论之前，作者先使用一个比喻：古人拿着几寸长的开门工具，可以启开千钧重的城门，这不是其人有大本领，而是他手中有权势，所处的地位重要。下文，将笔一转，议论起瓜步山来。瓜步山，不过是江中的小山，只因它与江中水面高度相差颇大，处在重要的“关津”，便俨然成了“据绝作雄”的地方，登上此山居然可以大饱眼福，欣赏山水的奇异与秀丽，这是它所处的地位使它能“擅奇含秀”。紧接着，作者发出一句深沉的叹喟：“故才之多少，不如势之多少远矣！”这句话很有分量。我们知道，自九品中正制建立以后，形成了世族豪门独占上品的现象。在晋代有所谓“上品无寒门，下品无世族”之说。这一不合理的社会现象，曾引起寒门出身的才智之士的不满，反映在文学作品中，前有左思的《咏史》诗：“郁郁涧底松，离离山上苗。以彼径寸茎，荫此百尺条。世胄蹑高位，英俊沉下僚。地势使之然，由来非一朝。”后即有鲍照的这篇《瓜步山楬文》。而鲍照对门阀制度的抨击，似比左思更为激烈。鲍照出身寒门，虽跻身仕途，但很不得意。“才之多少，不如势之多少远矣”的呼声，在门阀制度统治下的南朝，如同孤星夜月，使黑夜见到一线光明。这是反抗的呼声，是当时文坛上抨击门阀制度的最强音。

“仰望穹垂”以下为第二段。作者在俯仰之间，感到江河不过是上天的涕泪，山岳不过是大地的赘疣。这时即使有漂石的疾风，剖山的惊电，甚至共工触山而地维绝，二水相斗而王宫毁，他也不再关心；至于人间的是非，也只是如一毫一发之得失，更觉不值得分辨。这里，作者的感情由愤激而变得消沉，但骨子里还是愤激。这一段用了不少典故，如“沈河浮海”，出自《庄子·让王》：商汤王与伊尹谋伐夏桀，成功之后，想让天下给卞随。卞随认为这是对自己的污辱，于是投水而死。汤又让天下给务光，务光也不接受，“乃负石而自沉于庐水”。这是“沉河”的典故。舜以天下让于其友石户之农，石户之农于是夫妻携子以入于海，终身不返。这是“浮海”的典故。“遗金堆璧”，出《韩诗外传》：延陵季子见遗金，呼牧者取金，牧者不听，反而把延陵季子奚落了一番。这是“遗金”的出典。楚襄王持金十斤，白璧百双，聘庄子为相，庄子固辞不受。这是“堆璧”的出典。另外后文的“四迁八聘”“三黜五逐”“贩交买名”“吮痈舐痔”等，在历史上也均有所指。以上这些人和事，有高士的奇言异行，也有小人的卑鄙龌龊，本来是有是非可议的，作者为什么不屑于评论呢？实际上这是愤激之言。鲍照运用众多的典故，目的不是评论历史或传说人物的功过是非，而是援古证今，借古喻今，着眼点在批判现实社会中争权夺利、卖友求荣、溜须拍马等丑恶现象。所以这篇楊文实际上又是批判不合理现象及社会上种种丑行的战斗檄文，是骂世之文。

《瓜步山楬文》在艺术上当然比不上他的《芜城赋》与《登大雷岸与妹书》，但它是一篇战斗性很强的杂文。它使用了寓言的手法，又巧于运用比喻，善于借题发挥，不失为一篇形式活泼、富有创意的优秀小品。

（刘文忠）

伤逝赋

原文

晨登南山，望美中阿[1]。露团秋槿[2]，风卷寒萝[3]。凄怆伤心[4]，悲如之何！

尽若穷烟[5]，离若翦弦[6]。如影灭地，犹星殒天。弃华宇于明世[7]，闭金扃于下泉[8]。永山河以自毕[9]，眇千龄而弗旋[10]。思一言于向时，邈众代于古年[11]。

逝稍远而变体[12]，浸幽明而改时[13]。览篇迹之如旦[14]，婉遗意而在兹[15]。忽若谓其不然[16]，自惆怅而惊疑。循堂庑而下降[17]，历帷户而升基[18]。服委襟而褫带[19]，器蒙管而韬丝[20]。志存业而遗绩[21]，身先物而长辞[22]。岂重欢而可觏[23]，追前感之无期。

寒往暑来而不穷，哀极乐反而有终[24]。燧已迁而礼革[25]，月既逾而庆通[26]。心微微而就远[27]，迹离离而绝容[28]。白日蔼而回阴[29]，闺馆寂而深重。冀凭灵于前物[30]，伫美目乎房栊[31]。徒望思以永久[32]，邈归来其何从[33]。结单心于暮条[34]，掩行泪于晨风[35]。念沉悼而谁剧[36]，独婴哀于逝躬[37]。

草忌霜而逼秋，人恶老而逼衰[38]。诚衰耄之可忌，或甘愿而志违。彼一息之短景，乃累恨之长晖[39]。寻生平之好丑[40]，成黄尘之是非[41]。将灭耶而尚在[42]，何有去而无归！

惟桃李之零落[43]，生有促而非夭[44]。观龟鹄之千祀[45]，年能富而情少[46]。反灵质于二塗[47]，乱感悦于双抱[48]。日月飘而不留，命倏忽而谁保。譬明隙之在梁[49]，如风露之停草。发迎忧而送华[50]，貌先悴而收藻[51]。共甘苦其几人？曾无得而偕老。拂埃琴而抽思[52]，启陈书而遐讨[53]。自古来而有之，夫何怨乎天道！

注

① 望美中阿：在山阿中眺望我的爱人。美：美人，依本赋内容，当指鲍照的亡妻。中阿：即阿中，山的凹曲处。
② 露团秋槿(jǐn)：槿叶上坠着露珠。槿：落叶灌木名。
③ 萝：蔓生植物。
④ 凄怆：悲伤，凄凉。
⑤ 尽若穷烟：即灰飞烟灭。
⑥ 离若翦弦：离去若箭离弦一样迅速。翦：通“箭”。
⑦ 华宇：华美的屋室，这里指代家。
⑧ 金扃(jiōng)：铜制的门关，这里指代墓门。下泉：即黄泉，谓地下。
⑨ 自毕：结束自己的生命。
⑩ 眇(miǎo)：这里是无视、轻视之义。千龄：指长寿。弗旋：再也不回来。
⑪ 此连上句谓回想逝者生前的话，感到非常幽远，就像隔了好多代的古时一样。这是表达非常思念而不可得见的悲伤。邈：幽远。众：多。
⑫ 稍：渐渐地。变体：形体变化，指腐烂消失。
⑬ 浸：慢慢地。幽明：指天地。《大戴礼记·曾子天圆》：“天道曰圆，地道曰方；方曰幽而圆曰明。”改时：指季节变换，岁月推移。
⑭ 篇迹：笔墨，墨迹。如旦：如同早晨刚写的一样。
⑮ 婉：婉若，如同。兹：这里。
⑯ 忽若：忽然。不然：不是这样。
⑰ 循：顺着，沿着。堂庑(wǔ)：堂下四周之屋。

⑱ 历：走过，经过。帷户：挂着帘子的门。升：登上。基：墙屋的基址。
⑲ 委襟：衣襟下垂着。褫（chǐ）：夺去，解下。
⑳ 此句谓室中家什都紧锁着，被尘埃茧丝蒙蔽缠绕。
㉑ 遗绩：留下业绩。
㉒ 物：指逝者生前用过的东西。
㉓ 重欢：重新欢聚。觏（gòu）：遇。
㉔ 此句谓守丧尽哀有结束的时候。
㉕ 燧：指灯烛之类。迁：指撤去。礼革：礼数除去，指不再守丧祭祀。
㉖ 此句谓大祥之祭后一个月就可以唱歌欢乐了。《礼记·檀弓上》："鲁人有朝祥而莫歌者，……夫子曰：'又多乎哉？逾月则其善矣。'"通：指行得通。
㉗ 微微：幽静之貌。就：赴，走向。
㉘ 离离：剥裂、零落之貌。绝容：音容灭绝。
㉙ 蔼：犹蔼蔼，暗淡无光之貌。回阴：谓天色转阴暗。
㉚ 冀：希望。凭灵：灵魂寄托于。前物：逝者生前所用之物。
㉛ 伫：存，停留在。美目：这里指代美人。栊：窗户。
㉜ 此句谓生死路隔，长久地期盼思念也只是徒劳。
㉝ 此句谓道路幽远，又从何处归来呢？
㉞ 单心：忠诚之心。条：指树枝。
㉟ 此句谓逝者阴魂随晨风而拭泪离去。
㊱ 剧：说话、谈话。
㊲ 婴：萦回，缠绕。逝躬：逝者自身。躬：身体。
㊳ 此连上句说草木忌讳霜时就临近秋季了，人怕老时就迫近衰退了。忌：恨，忌讳。逼秋：临近秋季。
㊴ 此连上句谓人生短促如一瞬，却有无限的忧愁遗憾。长晖：这里指愁恨之情常闪现。
㊵ 寻：重温，回味。好丑：优缺点。
㊶ 此句谓生平的优缺点已随逝者而去，显得无足轻重了。黄尘：犹黄土。
㊷ 将灭耶而尚在：谓逝者身影恍恍惚惚，亦真亦幻。这里是生者思念之极的感觉。
㊸ 惟：想。

㊹ 此句谓桃李零落是因为生命短促而并非夭折。喻人生短促也是自然之理。
㊺ 鹄(hú):天鹅。祀:年,岁。
㊻ 能:乃。富:足,指寿长。
㊼ 反:相反,不一样。灵质:指人,人为万物之灵。二途:指桃李生命极其短促和龟鹄长寿千岁两种情况。
㊽ 此句谓人不同于物,故乱了享受快乐的心曲。双抱:彼此的怀抱,谓生者与死者。
㊾ 明隙在梁:盖即白驹过隙之义。比喻人生短促。
㊿ 此句谓头发因忧愁而失去华美,即变少变白。
51 藻:这里也指光艳的容颜。
52 抽思:排遣思念之情。抽:拔除。
53 陈书:旧书,古书。遐讨:往远古探寻。讨:探求,研究。

鉴赏

《伤逝赋》或为鲍照悼亡妻之作。赋以白描的手法,不作任何渲染铺排,却营造了一种凄凉的氛围,使思念之情真实可感。

主人公早晨登上南山,望美中阿,看到的却是秋风瑟瑟,一片悲凉,逝者杳杳无影,而生者孤独徘徊,"凄怆伤心,悲如之何"!全赋的情调由此确定了。接着写逝者"弃华宇于明世,闭金扃于下泉",生者"思一言于向时,邈众代于古年"。阴阳相隔,永无会期,思念之苦何以堪也!古今生离死别者,皆有睹物而思人之情。虽时日改迁,而思念之苦如旧,故看到逝者墨迹,仿佛就是早晨刚发生的事,其音容宛在。可忽然间又觉并非如此,一阵悲凉沁透心胸,只能独自惆怅惊疑;徘徊堂庑,历抚帷户,"徒望思以永久,邈归来其何从”。年年岁岁，朝朝暮暮，孤独凄苦，无处倾诉，“独婴哀于逝躬”。故情思恍惚，悲哀难胜，何其凄凉！礼数有尽而哀思无穷，在“燧已迁而礼革，月既逾而庆通”之时，主人公想到逝者心微微，迹离离，香魂归来，而不知所凭，只有暮扶弱枝，晨掩行泪，孤独忧伤，思念所爱。生者哀，死者亦哀；生者孤苦，死者亦孤苦，苦何如哉！人非草木，为情而生，为情而死，故一息短景，而累恨长晖。痛心至极，无以排解，只好归于自古而然的天道：“共甘苦其几人？曾无得而偕老。”奈之何哉？这不是潇洒解脱，而是无限的凄凉！

自西晋潘岳有《悼亡赋》以来，鲍照的这篇《伤逝赋》可谓踵事增华，形成自己鲜明的文学特色，犹五色之有红紫，八音之有郑卫。(《南齐书·文学传论》评)但本赋既不同于大赋的铺张扬厉，没有化用多少典故，也没有肆意的夸张比喻，描述的是眼中所见，心中所感；也不同于骈赋的精丽工巧，虽亦不乏对偶，但没有刻意雕琢之痕迹，用语自然。不论描写还是抒情，都以真实感受为基础。正因为真得实在，所以才能感动人，引起共鸣。这应当是悼亡之作的灵魂所在。

（周玉秀）

舞鹤赋

原文

散幽经以验物[1]，伟胎化之仙禽[2]。钟浮旷之藻质[3]，抱清迥之明心[4]。指蓬壶而翻翰[5]，望昆阆而扬音[6]。匝日域以回骛[7]，穷天步而高寻[8]。践神区其既远[9]，积灵祀而方多[10]。精含丹而星曜[11]，顶凝紫而烟华[12]。引员吭之纤婉[13]，顿修趾之洪姱[14]。叠霜毛而弄影[15]，振玉羽而临霞[16]。朝戏于芝田[17]，夕饮乎瑶池[18]。厌江海而游泽，掩云罗而见羁[19]。去帝乡之岑寂[20]，归人寰之喧卑[21]。岁峥嵘而愁暮[22]，心惆怅而哀离[23]。

于是穷阴杀节[24]，急景凋年[25]；凉沙振野[26]，箕风动天[27]。严严苦雾[28]，皎皎悲泉[29]。冰塞长河，雪满群山。既而氛昏夜歇[30]，景物澄廓[31]。星翻汉回[32]，晓月将落。感寒鸡之早晨[33]，怜霜雁之违漠[34]。临惊风之萧条，对流光之照灼[35]。唳清响于丹墀[36]，舞飞容于金阁[37]。始连轩以凤跄[38]，终宛转而龙跃[39]。踯躅徘徊[40]，振迅腾摧[41]。惊身蓬集[42]，矫翅雪飞[43]。离纲别赴[44]，合绪相依[45]。将兴中止[46]，若往而归。飒沓矜顾[47]，迁延迟暮[48]。逸翮后尘[49]，翱翥先路[50]。指会规翔[51]，临歧矩步[52]。态有遗妍[53]，貌无停趣。奔机逗节[54]，角睐分形[55]。长扬缓骛[56]，并翼连声。轻迹凌乱，浮影交横[57]。众变繁姿，参差洊密[58]。烟交雾凝[59]，若无毛质。风去雨还[60]，不可谈悉。

既散魂而荡目[61]，迷不知其所之[62]。忽星离而云罢[63]，整神容而自持[64]。仰天居之崇绝[65]，更惆怅以惊思[66]。

当是时也，燕姬色沮[67]，巴童心耻[68]。巾拂两停[69]，丸剑双止[70]。虽邯郸其敢伦[71]，岂阳阿之能拟[72]！入卫国而乘轩[73]，出吴都而倾市[74]。守驯养于千龄[75]，结长悲于万里[76]。

注

① 幽经：即《相鹤经》，因出于道家，故称"幽经"。

② 此句谓才知道鹤是不同寻常的仙禽。化：化育，孕育。

③ 钟：聚。浮旷：飘逸。藻质：丽质。

④ 清迥：清旷高远。

⑤ 蓬壶：山名，即蓬莱。古代方士传说为仙人所居。《拾遗记》："三壶则海中三山也。一曰方壶，则方丈也；二曰蓬壶，则蓬莱也；三曰瀛壶，则瀛洲也。"翻翰：奋翅。

⑥ 昆阆：昆仑，阆苑，都是传说中神仙居住的地方。

⑦ 匝：一周，这里用作动词。日域：太阳出处。扬雄《长杨赋》："东震日域。"李善注："日域，日出之域也。"回骛(wù)：往回飞。

⑧ 穷：一直飞到尽头。天步：指天上极高处。

⑨ 神区：仙界。

⑩ 灵祀：仙寿，即长寿。方：养生之道。

⑪ 精：瞳仁。丹：红色。李善引《相鹤经》云："露目赤精则视远。"星曜：像星星闪耀一般。

⑫ 凝紫：凝聚紫色。烟华：如冒烟花。

⑬ 引：拉长。员吭(háng)：指圆润的歌喉。

⑭ 顿：以足踩地，这里指鹤舞步。修趾：长腿。洪姱(kuā)：美好。

⑮ 弄影：欣赏自己的影子。

⑯ 振：挥动。玉羽：指鹤翅。临霞：言鹤飞之高远。

⑰ 芝田：仙人种芝草的地方。传说昆仑山上有仙人种芝草处。

⑱ 瑶池：传说仙人所居之处，有天池。

⑲ 掩：蔽。云罗：指人布了蔽云之网。见羁：被捕缚。
⑳ 去：离开。帝乡：仙帝之居。岑：高。
㉑ 人寰(huán)：人间。喧：吵闹。卑：低。
㉒ 峥嵘：凛冽，寒冷。暮：指岁末。
㉓ 惆怅：悲伤。
㉔ 穷阴：岁将尽时。杀节：寒气逼杀万物。
㉕ 急景：也指寒冷。凋年：犹杀节。
㉖ 凉沙振野：寒风吹来，沙尘漫天。
㉗ 箕风：指大风。箕：星宿名。月亮经过箕星则多风。
㉘ 严严：浓重貌。
㉙ 皎(jiǎo)皎：洁白清亮。
㉚ 氛昏夜歇：到夜间云雾散去。
㉛ 澄廓：轮廓清晰。
㉜ 星翻汉回：星星闪烁，天河曲折。
㉝ 早晨：早早报晓。
㉞ 违漠：离开北方沙漠地带。
㉟ 流光：流落的月光。照灼：照耀。
㊱ 唳(lì)：鹤声。清响：清亮的叫声。丹墀(chí)：古代宫殿前的红色石阶。
㊲ 金阁：宫殿。
㊳ 连轩：飞舞貌。凤跄：像凤凰一样翩翩起舞。跄(qiāng)：起舞。
㊴ 龙跃：像蟠龙飞腾一样。
㊵ 踯(zhí)躅(zhú)：踏步不前。
㊶ 振迅：迅速奋起。腾：腾飞。摧：摧折，这里指俯冲。
㊷ 蓬集：如飞蓬聚集。
㊸ 矫翅：高举翅翼。雪飞：如雪花飞舞。
㊹ 离纲别赴：时而离开行阵奔向别处。
㊺ 合绪相依：时而回到行列相互依存。
㊻ 兴：起。
㊼ 飒(sà)沓：群飞貌。矜顾：庄重顾视。
㊽ 迁延：慢慢后退。迟暮：本指天晚，年老。这里指鹤慢步后退似老年人退行之貌。
㊾ 逸翮(hé)：奋翅。后尘：将尘土远远抛于身后。指鹤飞迅猛，使尘

不及身。

㊿ 翱翥(zhù)：向上飞翔。先路：飞在前面。

51 指会规翔：面临四会道路时，按规矩飞翔。规：古代定圆的器具。

52 歧：歧路口。矩步：按规矩舞步。矩：定方的器具。此处连上句皆指鹤舞姿有一定节奏。

53 妍：美好。

54 奔机逗节：奔赴和停止都有一定的舞步。逗：停。

55 角：竞。睐(lài)：斜视，这里指鹤眼珠随舞乐左右转动。

56 长扬缓骛：伸展翅膀，缓步向前。

57 交横：交错。

58 参差：不齐貌。洊(jiàn)密：重叠密集。

59 烟交雾凝：形容鹤的舞姿轻飘迷离如烟雾缭绕。

60 风去雨还：鹤舞时紧张的节奏结束，继以细雨般的温柔舞姿。

61 散魂：放松神经。荡目：摇目，眨眼，指神情恍惚。

62 之：去，往。

63 星离而云罢：指舞乐结束后，群鹤如星云散开。

64 自持：自己克制，保持一定神态。

65 天居：皇宫。崇绝：极高。

66 惊思：惊心。

67 燕姬：燕地的舞女，这里泛指能歌善舞的女子。沮：沮丧。

68 巴童：巴蜀的歌童。

69 巾拂：两种舞蹈名。巾舞也称公莫舞，相传项羽在鸿门留沛公与饮，项庄拔剑起舞，欲击杀沛公。项伯亦拔剑舞，以袖相隔，并对项庄说："公莫害沛公。"后人以舞巾模拟项伯舞袖的姿态，因称"公莫舞"。拂舞：杂舞名，以拂子为舞具，故称拂舞。

70 丸剑：杂技名。这里是说舞鹤一出，其他舞乐都被排比下去，黯然失色了。

71 邯郸：舞曲名。伦：比。

72 阳阿：亦舞曲名。

73 入卫国而乘轩：写鹤受尊宠。《左传·闵公二年》："卫懿公好鹤，鹤有乘轩者。"轩：大夫乘坐的车。

74 出吴都而倾市：《吴越春秋》记载，吴王阖闾的小女儿自杀，阖闾非常悲痛，于是将她葬在西宫门外，凿池积土为山，石为椁，又以许多金银珠宝送葬。并且舞白鹤于吴市，万人随观。

⑮ 守驯养：被人驯服喂养。千龄：鹤的终生。

⑯ 结长悲于万里：是说仙鹤再也不能翱翔万里，自由自在地生活了，因而永久地悲哀。

鉴赏

《舞鹤赋》以时间为序展开情节，先写仙鹤禀赋高贵、美丽，却不幸为人所捕缚，而无限悲哀。接着写鹤从仙境降落人间后所见的凄凉景象。作者这样安排，一是衬托鹤舞的优美，二是说明仙鹤的悲哀。仙界是那样幽美，人间却如此凄惨。这突如其来的变化，怎不令鹤伤悲呢！在岁暮萧瑟的背景上，作者笔锋一转，开始精心描绘仙鹤变幻迷离、美妙无比的舞姿。你看它，动则“惊身蓬集，矫翅雪飞”，“将兴中止，若往而归”，“奔机逗节，角睐分形，长扬缓骛，并翼连声”；静则“烟交雾凝，若无毛质”。这优美的舞姿，就像一缕温馨的春风，吹进了冷瑟的人间；恰似一股涓涓的清泉，流淌在人们枯涩的心田，令人陶醉，令人飘然。正因为如此，仙鹤自然要受尊宠。然而，它自己的感受如何呢？作者仍然紧扣中心，不忘“哀离”之情：“既散魂而荡目，迷不知其所之。”“仰天居之崇绝，更惆怅以惊思。”尽管人们在赞美它，惊服它，“燕姬色沮，巴童心耻”，一切舞乐都不能与它比拟。它可以乘大夫之车，可以使所有的人倾倒。但这种尊宠并不是它的目的。它需要的是能够骋志翱翔的天空，是自由自在的生活。因而，越是备受尊宠，为人所养,它越感到悲哀。最后,作者用两句韵味深长的话语为仙鹤唱了挽歌。“守驯养于千龄,结长悲于万里”,唱出了仙鹤,也是作者无限的惆怅。据《宋书》卷五十一记载,鲍照本“文辞赡逸”,“文甚遒丽”,但宋世祖“好为文章,自谓物莫能及,照悟其旨,为文多鄙言累句,当时谓照才尽”。可见鲍照深切体会过作为御用文人的压抑、屈辱,况且他出身微贱,一直受士族的压抑排挤,才高见屈,一生不得志。这种感受他在《拟行路难》十八首诗中直接倾吐:“自古圣贤尽贫贱,何况我辈孤且直!”《舞鹤赋》中对仙鹤美丽而凄凉一生的描绘,无疑是作者在写自己。

本赋运用浪漫主义的创作方法,根据神话传说,通过艺术的想象和夸张,创造出了优美动人的艺术形象和高远的意境。写仙鹤的姿质清丽及其信步天庭,自由翱翔的生活,无不充满神奇的幻想:它生于帝乡,游于日域,戏于芝田,饮于瑶池;它有圆润的歌喉,洪姱的修趾,雪白的羽毛;目含丹星,顶凝烟华。这一切并非作者亲见,亦非现实中真有,而是根据传说进行艺术想象、加工创造的。这种想象给鹤染上了一种神秘的、不同凡响的色彩,使之高雅、美丽、动人。写仙鹤的舞姿,则将历史上所有舞蹈的优美动作集于一身,精心描绘,创造出一种恍若仙界、缥缈迷离的意境,这种浪漫主义的气息,强烈地感染着读者。全文情节曲折多变、波澜起伏、寓意深刻。开头先写了自由、美丽的仙界,突而转到人间,却值冬季岁寒,“穷阴杀节,急景凋年；凉沙振野，箕风动天”，这是情节的第一次剧变，这一变化使天上、人间形成鲜明对比，从而衬托出仙鹤的悲哀，且影射了现实的无比凄凉。仙鹤的舞姿，是那样优美动人，可其心情却是“仰天居而崇绝，更惆怅以惊思”。这又是一次令人未暇预及的波折，这波折是紧紧围绕一个中心：仙鹤见羁思乡之哀愁，也是作者困于牢笼身不由己的无限哀愁。从而形成了全赋凄美的意象和情调。

（周玉秀）

园葵赋

原文

风暖凌[1]开，土昌[2]泉动[3]。游尘曝日[4]，鸣雉依陇[5]。主人拂黄冠[6]，拭藜杖[7]，布蔬种，平圻[8]壤。通畔[9]修直，膏亩夷敞[10]，白茎紫蒂，豚耳鸭掌[11]。沟东陌西[12]，行三畦两[13]，既区既鉏[14]，乃露乃映[15]。句萌[16]欲伸，丛芽将放。尔乃晨露夕阴，霏云四委[17]，沉雷远震，飞雨轻洒，徐未及晞[18]，疾而不靡[19]，柔莩爰秀[20]，刚甲[21]以解。稚叶萍布[22]，弱阴竞抽[23]，萋萋翼翼[24]，沃沃油油[25]，下葳蕤而被径，上参差而覆畴，承朝阳之丽景，得倾柯[26]之所投。仕非鲁相，有不拔之利[27]；宾惟二仲[28]，无逸马之忧[29]。顾堇荼[30]而莫偶，岂苹澡之荐羞[31]。若乃邻老谈稼，女姬归桑[32]，拂此苇席[33]，炊彼穄粱[34]，甃壶援醢[35]，曲瓢卷浆[36]，乃羹乃瀹[37]，堆鼎盈筐，甘旨茜脆[38]，柔滑芬芳，消淋逐水[39]，润胃调肠[40]。于是既饫[41]，彻盘投筯[42]，回小人之腹，为君子之虑[43]。近观物运[44]，远访师圣[45]，声数后彰，律理前定[46]。乌非黔黑[47]，鹤岂浴净？彼圆行而方止[48]，故得之于天性。伊冬箑[49]而夏裘，无双功而并盛。荡然[50]任心，乐道安命。春风夕来，秋日晨映。独酌南轩，拥琴孤听。篇章间作，以歌以咏。鱼深沉而鸟高飞，孰知美色之为正？[51]

注

① 凌：积冰。

② 土昌：昌，宋本作“冒”。钱仲联《鲍参军集注》引《庄子·在宥》：“今夫百昌，皆生于土而反于土。”按此，则百昌犹言百物。又丁福林、丛玲玲《鲍照集校注》引《礼记·月令·孟春之月》“草木萌动”郑玄注：“《农书》曰：‘土长冒橛，陈根可拔，耕者急发。’”云：“冒橛，谓橛芽冒出土面。土冒，乃‘土长冒橛’之简也。张溥本改为‘昌’，盖未明此义耳。”按此言土昌，本与上文风暖相对，盖谓土中生气萌动而已，亦未必特指橛芽冒出。

③ 泉动：同谓土中阳气涌动。《吕氏春秋·仲冬纪》：“芸始生，荔挺出，蚯蚓结，麋角解，水泉动。”高诱注：“皆应微阳气也。”

④ 游尘：浮扬的灰尘。游尘曝日，用以形容天地间的生气。《庄子·逍遥游》：“野马也，尘埃也，生物之以息相吹也。”郭象注：“崔云：天地间气蓊郁，似尘埃扬也。”又《庄子·在宥》：“神动而天随，从容无为而万物炊累焉。”郭象注：“若游尘之自动。”

⑤ 张协《杂诗》：“泽雉登垄雊，寒猿拥条吟。”

⑥ 黄冠：草制的斗笠，为农民所穿戴。《礼记·郊特牲》：“黄衣黄冠而祭，息田夫也。野夫黄冠。黄冠，草服也。”

⑦ 藜杖：用藜的茎做的手杖。

⑧ 圻：“垠”的异体字。指地的边界。

⑨ 通畔：交错纵横的田界。畔，田界。

⑩ 夷敞：平坦而宽广。

⑪ 白茎紫蒂，豚耳鸭掌：按文意，此皆当指葵的品种。贾思勰《齐民要术》卷三《种葵第十七》：“《广志》曰：‘胡葵，其花紫赤。’……案今世葵有紫茎、白茎二种种别，复有大小之殊。又有鸭脚葵也。”唯豚耳，未知何据，后世多以其指马齿苋。唐慎微《重修政和经史证备用本草》卷八《草部中品上》：“马苋亦名豚耳，俗曰马齿者是也。其花实皆入药。”

⑫ 《汉书·成帝纪》：“勉劝农桑，出入阡陌。”颜师古注：“阡陌，田间道也。南北曰阡，东西曰陌。”

⑬ 行三畦两：犹言三行两畦。畦，面积单位。《说文解字》：“畦，田五十亩曰畦。”此未必实指种植面积，盖谓分区片种植之意。

⑭ 区：谓分区种植。　鉏：同“锄”。

⑮ 乃露乃映：犹言劳作由早晨至下午。映，有两意。《说文解字》：“映，明也，隐也。”则映一指早上太阳不明之时，一指太阳当空、日照明朗之时。

⑯ 句萌：指园葵的芽苗。古以拳曲者为“句”，直者为“萌”。《礼记·月令》：“（季春之月）是月也，生气方盛，阳气发泄，句者毕出，萌者尽达，不可以内。”郑玄注：“句，屈生者。芒而直曰萌。”

⑰ 霏云四委：霏，云飞扬之貌。委，堆积。

⑱ 晞（xī）：干。《诗经·秦风·蒹葭》：“蒹葭萋萋，白露未晞。”

⑲ 靡：倒，引申为乱。

⑳ 柔莩（fú）：犹言柔软的嫩芽。莩，本指种荚内的薄膜。　爰（yuán）：于是。　秀：植物吐穗开花。

㉑ 刚甲：种子外面的硬壳。

㉒ 萍布：像浮萍一样分布。

㉓ 阴：指园葵茎叶形成的阴影。因其刚刚形成，故以“弱”形容之。抽：指茎叶发芽抽条。

㉔ 萋萋翼翼：皆用以形容葵叶茂盛之貌。

㉕ 沃沃油油：用以形容园葵茎叶壮实、闪闪发亮的样子。

㉖ 倾柯：倾斜的枝条。

㉗ 鲁相：指公仪休。又作公孙仪，又称公仪子，曾仕鲁穆（《孟子》作缪）公为相。《史记·公仪休传》：“公仪休者，鲁博士也，以高弟为鲁相。奉法循理，无所变更，百官自正。使食禄者不得与下民争利，受大者不得取小。……食茹而美，拔其园葵而弃之。见其家织布好，而疾出其家妇，燔其机，云：‘欲令农士工女安所雠其货乎？’”又董仲舒《贤良对策三》：“故公仪子相鲁，之其家见织帛，怒而出其妻；食于舍而茹葵，愠而拔其葵，曰：‘吾已食禄，又夺园夫红女利乎？’”不拔之利：谓不需拔除园葵，可安享其利。

㉘ 二仲：指东汉时的羊仲和求仲。赵岐《三辅决录》卷二：“蒋诩字元卿，隐于杜陵。舍中三径，唯羊仲、求仲从之游。二仲皆挫廉逃名之士。”

㉙ 逸马之忧：谓马踏园葵之忧。刘向《古列女传》卷三“鲁漆室女”：“当穆公时，君老，太子幼。女倚柱而啸……邻妇笑曰：‘此乃鲁大夫之忧，妇人何与焉？’漆室女曰：‘不然，非子所知也。昔晋客舍吾家，

系马园中。马佚驰走,践吾葵,使我终岁不食葵。'"

㉚ 堇(jǐn)荼(tú):堇和荼,两种植物。堇,即旱芹。荼,苦菜。《诗经·大雅·绵》:"周原膴膴,堇荼如饴。"毛传:"膴膴,美也。堇,菜也。荼,苦菜也。"

㉛ 荐羞:进献肴馔。荐,进献。羞,同"馐",美味的食品。《左传·隐公三年》:"苹蘩蕰藻之菜,筐筥錡釜之器,潢污行潦之水,可荐于鬼神,可羞于王公。"

㉜ 归桑:犹言归家。古人常在宅旁种桑树以养蚕,种梓树以制器,故以桑梓代指家园。

㉝ 苇席:用芦苇编制的席子。《礼记·丧大记》:"君以簟席,大夫以蒲席,士以苇席。"郑玄注:"簟,细苇席也。三者下皆有莞。"

㉞ 穄(jì)粱:两种粮食,即糜子和粟子。玄应《一切经音义》卷十七《出曜论第十卷》"穄粟"条:"《说文》:'穄,穈也。'似黍而不粘者,关西谓之穈。"又《左传·哀公十三年》:"粱则无矣,粗则有之。"孔颖达正义:"食以稻粱为贵,故以粱表精。"

㉟ 甃(zhòu):井壁,又可指砌井用的砖。《说文解字》:"甃,井壁也。"又《周易·井卦·六四》:"井甃,无咎。"孔颖达正义:"子夏传曰:'甃亦治也。以砖垒井,修井之坏,谓之甃。'"甃壶,盖以井壁之形谓圆壶,又或以井砖之形,谓方壶也。醢(hǎi):用肉、鱼等制成的肉酱。援醢,意谓以葵和肉酱相配做菜。

㊱ 曲瓢:弯曲的瓢。卷浆:谓舀取浆水。

㊲ 瀹(yuè):煮。顾野王《玉篇》:"瀹,煮也,内菜汤中而出也。"

㊳ 甘旨:甜美。《汉书·食货志》:"饥之于食,不待甘旨。"颜师古注:"旨,美也。"茜脆:茜字意未详。《说文解字》:"茜,茅蒐也。"茅蒐,又称茜草,可用以制作红色染料。然于此意不通。按"茜脆"本与下文"芬芳"对,其意盖亦只谓园葵入口美脆,味道可口耳。

㊴ 淋:中医病名,指小便淋沥涩痛等症。逐水:中医里有用药物逐水消除水肿之法,此是指葵的药效。

㊵ 张从正《儒门事亲》卷二:牛肉、大枣、葵菜皆甘物也,故能宽缓肠胃。

㊶ 饫(yù):饱。

㊷ 彻:停,尽。　筯(zhù):同"箸",筷子。

㊸ "回小人之腹"二句:《左传·昭公二十八年》:"及馈之毕,愿以小人

之腹,为君子之心,属厌而已。"杜预注:"属,足也。言小人之腹饱,犹知厌足,君子之心亦宜然。"又潘岳《西征赋》:"既餐服以属厌,泊恬静以无欲。回小人之腹,为君子之虑。"

㊹ 物运:物指万物,运谓运行。此指万物运行的规律或状况。

㊺ 师圣:老师和圣人,指有学问而道德高尚的人。

㊻ 声数后彰,律理前定:犹言先定下律吕的根本原则,方能制定音乐。《周礼·春官·典同》:"凡为乐器,以十有二律为之数度,以十有二声为之齐量。"郑玄注:"数度,广长也。齐量,侈弇(指钟口的大小深广)之所容。"又《汉书·律历志上》:"数者,一、十、百、千、万也,所以算数事物,顺性命之理也。……本起于黄钟之数,始于一而三之,三三积之,历十二辰之数,十有七万七千一百四十七,而五数备矣。……声者,宫、商、角、徵、羽也。……五声为本,生于黄钟之律。"

㊼ 黔黑:晒黑。《庄子·天运》:"夫鹄不日浴而白,乌不日黔而黑。"

㊽ 圆行而方止:意谓圆的本性决定其运动,方的本性决定其静止。

㊾ 箑(shà):以竹或羽毛等制作的扇子。扬雄《方言》卷五:"扇自关而东谓之箑。"

㊿ 荡然:无拘束、自由之貌。

51 "鱼深沉"二句:《庄子·齐物论》:"毛嫱、丽姬,人之所美也,鱼见之深入,鸟见之高飞,麋鹿见之决骤,四者孰知天下之正色哉?"

鉴赏

中国种植葵的历史很长,《周礼·天官冢宰·醢人》中就有以葵制菹、醢的记载(参注释㉟),而《诗经·豳风·七月》中亦有"七月亨(烹)葵及菽"的诗句。在明清以前,葵曾是国人的一种主菜,而其品种亦颇多,有春葵、秋葵、蜀葵等名。王祯《农书·蔬属·葵》:"葵,《说文》曰:'菜也。'有紫茎、白茎二种。叶之小者为鸭脚葵,种出少室山中,今南北皆有之。又一种花有五色者,名曰蜀葵,不可食。……按葵为百菜之主，备四时之馔，本丰而耐旱，味甘而无毒，供食之余，可为菹腊（指腌菜一类），枯枿（指枯枝）之遗，可为榜簇（条编的晾晒工具），子若根则能疗疾，咸无弃材，诚蔬茹之上品，民生之资助也。春宜畦种，冬宜撒种，然夏秋皆可种也。”又李时珍《本草纲目·草部·葵》：“葵菜古人种为常食，今之种者颇鲜。有紫茎、白茎二种，以白茎为胜。大叶小花，花紫黄色，其最小者名鸭脚葵。其实大如指顶，皮薄而扁，实内子轻虚如榆荚仁。四五月种者可留子。六七月种者为秋葵，八九月种者为冬葵，经年收采。正月复种者为春葵。然宿根至春亦生。……而今人不复食之，亦无种者。”王祯为元人，李时珍为明人，可知约在元末明初之际，葵已渐渐失去了其主菜的地位。

本赋大致可以分成三个层次：自“风暖凌开”至“岂苹澡之荐羞”为第一个层次，言种葵。其写春气回暖、万物生机之萌动，写得极热闹，而由此亦可知，其所种之葵，乃为春葵。其中“仕非鲁相”“宾惟二仲”二句，是终上启下之句，由写自然之事转入写人事，隐隐透出超然不群之意。自“若乃邻老谈稼”至“为君子之虑”为第二个层次，言食葵。“既饫”之前，是食以充饥，故谓“小人之腹”；饱食“投筯”之后，则生出对于宇宙和生命的玄思，故谓“君子之虑”。“于是”一句，是又为结上启下之语，结得完足，转得流利。自“近观物运”至末尾，为第三个层次，亦即“君子之虑”所虑的具体内容。作者由乌鸦不晒即黑，鹤不浴即白，联想到圆形的东西容易滚动，方形的东西则厚重不迁，认识到万事万物都有其天生的本性，而不应强行改变，得出人生应该“荡然任心，乐道安命”的结论。而结尾，作者又借《庄子》中“沉鱼落雁”的典故发出一问：“孰知美色之为正？”按庄子本意，乃是借此说明世间没有绝对的标准，而通过通读全文，则不难味出作者此语，实还带有一种时人不识我的愤激，此正与前文“宾惟二仲”“堇荼而莫偶”“圆行而方止”等语形成呼应，进一步凸显了作者的高洁人格。

刘克庄《后村诗话》续集卷二曾节录本赋，并有语评鲍照赋：“鲍明远赋有思致，然太拘狭，开拓不去。”又推崇《登大雷岸与妹书》“六百余字，无一字及家事，皆述道途辛苦，古今陈迹，山夔水怪，羁愁旅思，辞极典雅，为集中佳作”。味克庄之意，盖喜旁枝侧出、避实就虚、铺排富丽之笔，故对鲍照此类相对质实的赋作不甚欣赏。平允而论，本赋在某种程度上确有点克庄所谓“拘狭”“开拓不去”之病，然其一路从种葵、食葵言下，直至引出种种玄思，悟出种种人生哲理，层层递进，笔致井然，亦足以见出作者文思之细腻。二者互较，大概亦足可以救得“拘狭”之弊了。

（刘竞飞）

鲍照生平

与

文学创作年表

【纪　　年】东晋义熙十二年(416)丙辰,北魏明元帝泰常元年
【年　　岁】1岁
【生平经历】
【主要作品】
【相关大事】四月,北魏明元帝拓跋嗣改神瑞三年为泰常元年。八月,晋刘裕北伐。十月,收复洛阳。

【纪　　年】东晋义熙十三年(417)丁巳,北魏泰常二年
【年　　岁】2岁
【生平经历】
【主要作品】
【相关大事】八月,刘裕北伐军收复长安,生擒后秦主姚泓,后秦亡。

【纪　　年】东晋义熙十四年(418)戊午,北魏泰常三年
【年　　岁】3岁
【生平经历】
【主要作品】
【相关大事】六月,晋安帝以刘裕为相国,进宋公。十一月,长安陷于西夏。十二月,刘裕杀晋安帝。琅邪王司马德文继位,是为晋恭帝。

【纪　　年】东晋元熙元年(419)己未,北魏泰常四年
【年　　岁】4岁
【生平经历】
【主要作品】
【相关大事】正月,晋改义熙为元熙。七月,刘裕进爵宋王。

【纪　　年】宋永初元年(420)庚申,东晋元熙二年,北魏泰常五年
【年　　岁】5岁

【生平经历】
【主要作品】
【相关大事】六月，刘裕代晋，国号宋，是为宋武帝。改晋元熙二年为宋永初元年，废晋恭帝为零陵王。

【纪　　年】宋永初二年(421)辛酉，北魏泰常六年
【年　　岁】6岁
【生平经历】
【主要作品】
【相关大事】九月，刘裕杀晋废帝零陵王。今岁，谢庄(按：谢庄为鲍照诗友之一)出生。

【纪　　年】宋永初三年(422)壬戌，北魏泰常七年
【年　　岁】7岁
【生平经历】
【主要作品】
【相关大事】夏五月，宋武帝刘裕薨，太子刘义符继位，是为宋少帝。十二月，滑台复陷于北魏。

【纪　　年】宋景平元年(423)癸亥，北魏泰常八年
【年　　岁】8岁
【生平经历】
【主要作品】
【相关大事】正月，宋改永初为景平。十一月，北魏明元帝拓跋嗣薨，太子焘立，是为魏太武帝。

【纪　　年】宋元嘉元年(424)甲子，北魏太武帝始光元年
【年　　岁】9岁
【生平经历】
【主要作品】
【相关大事】五月，宋少帝被废。六月，宋执政徐羡之等弑少帝

并遣使杀庐陵王。八月，宜都王刘义隆即位，改景平二年为元嘉元年，是为宋文帝。

【纪　　年】宋元嘉四年(427)丁卯，北魏始光四年
【年　　岁】12岁
【生平经历】
【主要作品】
【相关大事】大诗人陶渊明卒。

【纪　　年】宋元嘉十年(433)癸酉，北魏延和二年
【年　　岁】18岁
【生平经历】
【主要作品】
【相关大事】诗人谢灵运卒。

【纪　　年】宋元嘉十二年(435)乙亥，北魏太武帝太延元年
【年　　岁】20岁
【生平经历】深秋，西游荆州，往依临川王刘义庆。上荆途中，经大雷(今安徽望江县境内)，作《登大雷岸与妹书》寄妹鲍令晖。岁末，被擢为临川王国侍郎。
【主要作品】《拟行路难》组诗之部分诗作，《登大雷岸与妹书》文。
【相关大事】正月，北魏改元为太延。

【纪　　年】宋元嘉十五年(438)戊寅，北魏太延四年
【年　　岁】23岁
【生平经历】在荆州期间，与僧人释惠休相往还。
【主要作品】作《秋日示休上人》《答休上人》二诗。
【相关大事】宋文帝于建康台城北郊鸡笼山立儒、玄、史、文四学，开馆授徒。

【纪　　年】宋元嘉十六年(439)己卯,北魏太延五年
【年　　岁】24岁
【生平经历】随刘义庆由荆州江陵之江州浔阳,后有庐山之游。
【主要作品】作《登庐山》《登庐山望石门》《从登香炉峰》诗,游宫亭湖后作《望孤石》诗。
【相关大事】四月,荆州刺史刘义庆改授江州刺史,镇浔阳。宋文帝太子劭生子,鲍照作《皇孙诞育上表》贺之。

【纪　　年】宋元嘉十七年(440)庚辰,北魏太平真君元年
【年　　岁】25岁
【生平经历】在荆州及江州数年间,与何长瑜、陆展、袁淑等为刘义庆编纂《世说新语》等著作。后随刘义庆还京都。发自浔阳。还建康后,随临川王徙南兖州刺史任,之广陵。
【主要作品】作《上浔阳还都道中》《还都道中》等诗。
【相关大事】六月,魏改元为太平真君。

【纪　　年】宋元嘉二十一年(444)甲申,北魏太平真君五年
【年　　岁】29岁
【生平经历】正月,临川王刘义庆卒于建康。为临川王服丧三月,而后上书世子烨自求解职。秋,去职还家,作诗记其事。
【主要作品】作有《临川王服竟还田里》诗。
【相关大事】今岁,江淹生。

【纪　　年】宋元嘉二十二年(445)乙酉,北魏太平真君六年
【年　　岁】30岁
【生平经历】从宋征北大将军衡阳王刘义季辟,之徐州。
【主要作品】作《代棹歌行》《过旧宫行》诗。
【相关大事】十二月,范晔因拥立彭城王刘义康被杀。彭城王被废为庶人。

【纪　　年】宋元嘉二十三年(446)丙戌，北魏太平真君七年
【年　　岁】31岁
【生平经历】
【主要作品】作《代苦热行》诗。
【相关大事】三月，魏人南侵。是月，北魏太武帝禁佛教。今岁，宋文帝于建康造玄武湖。

【纪　　年】宋元嘉二十四年(447)丁亥，北魏太平真君八年
【年　　岁】32岁
【生平经历】离衡阳王幕还建康，为始兴王刘濬辟，任始兴国侍郎。
【主要作品】作《和王丞诗》。
【相关大事】八月，衡阳王刘义季薨于彭城。今岁，孔稚珪生。

【纪　　年】宋元嘉二十七年(450)庚寅，北魏太平真君十一年
【年　　岁】35岁
【生平经历】正月始兴王世子诞育，为之作《征北世子诞育上表》以贺。今岁，友人王僧达出为宣城太守，鲍照作《送别王宣城》以赠。
【主要作品】做《代陈思王白马篇》诗。
【相关大事】二月，北魏太武帝拓跋焘率兵南侵。七月，宋师北伐，旋败退。十二月，魏军南侵至瓜步。

【纪　　年】宋元嘉二十八年(451)辛卯，北魏正平元年(太平真君十二年)
【年　　岁】36岁
【生平经历】魏军退后，随始兴王之瓜步，后侍郎报满辞任，逗留江北。离任后，作诗以寄意。春夏间，游广陵城而作《芜城赋》。于江北又作诗遥寄其友人荀赤松。
【主要作品】作有《代放歌行》《采菱歌》《日落望江赠荀丞》等诗，《芜城赋》文。

【相关大事】正月,魏太武帝率兵自瓜步退归。六月,北魏改太平真君十二年为正平元年。

【纪　　年】宋元嘉二十九年(452)壬辰,北魏兴安元年(太武帝正平二年,南安王永平元年)
【年　　岁】37岁
【生平经历】五月经瓜步返建康,登瓜步山有感而作文。
【主要作品】《登瓜步山楬文》。
【相关大事】二月,北魏太武帝拓跋焘为宗爱所杀,南安王余立,改元为永平。十月,南安王也为宗爱所杀,尚书源贺等杀宗爱后,立拓跋濬为帝,改元兴安。

【纪　　年】宋元嘉三十年(453)癸巳,北魏兴安二年
【年　　岁】38岁
【生平经历】四月,与王僧达入京都,为孝武帝军平定京邑作诗以颂。秋,与王僧达在建康相唱和,后除海虞县令。
【主要作品】
【相关大事】二月,宋太子刘劭及始兴王刘濬共弑文帝,劭自立为帝。三月,江州刺史武陵王刘骏率兵入讨,四月即位,是为宋孝武帝。五月,孝武帝军攻入建康,诛杀刘劭、刘濬。

【纪　　年】宋孝建三年(456)丙申,北魏太安二年
【年　　岁】41岁
【生平经历】春,迁太学博士兼中书舍人。今岁,妹鲍令晖卒。
【主要作品】有《月下登楼连句》《侍宴覆舟山》《与荀中书别》《松柏篇》等诗。
【相关大事】今岁,陶弘景生,颜延之卒。

【纪　　年】宋大明元年(457)丁酉,北魏太安三年
【年　　岁】42岁

【生平经历】春,出为秣陵令。离太学博士兼中书舍人任前,忧谗畏讥而作《代陈思王京洛篇》,又作《代白头吟》以寄托不遇自伤之情。秋在秣陵令任上作《玩月城西门廨中》。后有《采桑》诗讽孝武帝。

【主要作品】《代陈思王京洛篇》《代白头吟》《玩月城西门廨中》等诗。

【相关大事】春正月,宋改年号为大明。

【纪　　年】**宋大明三年(459)己亥,北魏太安五年**

【年　　岁】44岁

【生平经历】今岁在永安令任。

【主要作品】

【相关大事】四月,竟陵王刘诞据广陵反。七月,广陵城破,刘诞被杀,孝武帝下令屠城。

【纪　　年】**宋大明五年(461)辛丑,北魏和平二年**

【年　　岁】46岁

【生平经历】今岁,解禁止之处分,之扬州,为临海王军府佐,掌书记之任。

【主要作品】

【相关大事】历阳王子顼改封临海王。

【纪　　年】**宋大明六年(462)壬寅,北魏和平三年**

【年　　岁】47岁

【生平经历】为子顼征虏参军,随赴荆州。

【主要作品】作有《代东门行》《从临海王上荆初发新渚》《登黄鹤矶》等诗,《游思赋》文。

【相关大事】七月,临海王子顼徙任荆州刺史。

【纪　　年】**宋大明七年(463)癸卯,北魏和平四年**

【年　　岁】48岁

【生平经历】
【主要作品】作有《梦还乡》《与伍侍郎别》等诗。
【相关大事】

【纪　　年】**宋大明八年(464)甲辰,北魏和平五年**
【年　　岁】49岁
【生平经历】随临海王府转前军参军,寻迁前军刑狱参军,又迁前军记室参军。在荆州,作《拟古》(其二)自叙经历。其妻卒,作赋以悼亡。
【主要作品】作《拟古八首》(其二)等诗,作《伤逝赋》。
【相关大事】春夏,临海王子顼由征虏将军进号前将军。闰五月,孝武帝刘骏薨,太子子业即帝位,史称前废帝。今岁,谢朓生。

【纪　　年】**宋泰始元年(465)乙巳(前废帝永光元年,景和元年),北魏和平六年**
【年　　岁】50岁
【生平经历】
【主要作品】有《在江陵叹年伤老》《代挽歌》诗。
【相关大事】夏五月,北魏文成帝薨,太子弘继位,是为魏献文帝。秋八月,宋废帝改永光元年为景和元年。十一月,湘东王刘彧弑前废帝,十二月即帝位,是为宋明帝,改景和元年为泰始元年。晋安王子勋传檄京邑,以兵反。子顼不受宋明帝命,以兵响应晋安王子勋。

【纪　　年】**宋泰始二年(466)丙午,北魏天安元年**
【年　　岁】51岁
【生平经历】子勋进子顼为卫将军、开府仪同三司,鲍照随府转卫军参军。荆州城破,子顼被执,寻被杀。鲍照死于乱兵。
【主要作品】

【相关大事】 正月,北魏改和平为天安,二月,北魏冯太后临朝称制。晋安王子勋称帝于浔阳,年号义嘉。八月,子勋兵败被杀于浔阳。

（文　榈）

图书在版编目(CIP)数据

鲍照诗文鉴赏辞典 / 上海辞书出版社文学鉴赏辞典编纂中心编. -- 上海 ：上海辞书出版社，2024.
(中国文学名家名作鉴赏精华). -- ISBN 978-7-5326-6233-3

Ⅰ. I206. 2

中国国家版本馆 CIP 数据核字第 2024FX4263 号

鲍照诗文鉴赏辞典

上海辞书出版社文学鉴赏辞典编纂中心　编

责任编辑　吕荣莉
装帧设计　姜　明
责任印制　楼微雯

出版发行　上海世纪出版集团
上海辞书出版社®(www. cishu. com. cn)
地　　址　上海市闵行区号景路 159 弄 B 座(邮政编码：201101)
印　　刷　上海盛通时代印刷有限公司
开　　本　889 毫米×1092 毫米　1/32
印　　张　7. 875
字　　数　139 000
版　　次　2024 年 7 月第 1 版　2024 年 7 月第 1 次印刷
书　　号　ISBN 978-7-5326-6233-3/I·582
定　　价　68. 00 元